精準破解！

英文文法

7天

速成班

一次搞懂英文的邏輯！

7-day workbook on the basics of English grammar

［著］澤井康佑　［漫畫］關谷由香理

［翻譯］陳識中

※指前作《マンガでカンタン！中学英語は7日間でやり直せる。
（暫譯：看漫畫輕鬆學！國中英文7天重新掌握）》。

序

※咚——

精準破解！
英文文法7天速成班：一次搞懂英文的邏輯！

7-day workbook on the basics of
English grammar

CONTENTS 目次

CHARACTER

登場人物介紹

本頁將介紹本書中
獨具個性的登場人物。
以下就是為這7天的講義
增添樂趣的3位與1隻演員……
一起來認識他們吧!!

飾　講師／參考書作家

澤井老師

只要抓到訣竅
就能徹底理解。

閃亮～

鳴哇

※轟

熱情的
參考書作家

曾在某大型補習班擔任英語講師，之後
為了實現出版參考書的宿願而決定辭去
工作。隨後專心投入寫作事業，經常寫
稿寫到天亮。熱愛著英文，向出版社提
交參考書企劃已幾乎成為他的「人生志
業」。

〔生日〕　　　5月5日
〔血型〕　　　不明
〔出身〕　　　神奈川縣
〔興趣〕　　　上酒吧、蒐集參考書
〔討厭的東西〕　雲霄飛車

飾　本書的計時員／貓

走走貓

要跟我一起
散步嗎喵?

ARUKI NEKO

7天內到處
走來走去的貓

在書頁下方散步的貓。幫助讀者一
眼就能看出今天的進度！是陪伴讀
者練習的可靠夥伴。

〔生日〕　　　不明
〔血型〕　　　不明
〔出身〕　　　不明
〔興趣〕　　　散步
〔討厭的東西〕　蛇

飾　學生／漫畫家

關谷小姐

這方法真不錯！這樣我就記得住了！

呀

蠕動

蠕動

嚕—啦嚕—♪

SEKIYA

\容易被牽著鼻子走的/
漫畫家

傻氣又溫和的老好人，無法拒絕他人請求的性格。因其「容易被牽著鼻子走」的天性，在帶著漫畫的出道作品前往出版社時，糊里糊塗地就跟同一天帶著原稿去同一家出版社的澤井老師變成了共同作家。

［生日］　　　6月28日
［血型］　　　O型
［出身］　　　新潟縣
［興趣］　　　聽音樂、手工藝
［討厭的東西］腳很多的蟲

飾　助教／編輯

高橋先生

真是十分精闢的意見呢。

您的咖哩一份

出擊！打下敵人的城池！

嗶嗶啦嗶 ♪

噗

噗

TAKAHASHI

\勇敢無畏的/
編輯

在出版社工作，職位隸屬於參考書編輯部。年紀輕輕卻口無遮攔，有時更會毫不留情地直言不諱。儘管平看起來很冷酷，但對參考書編輯有著非比尋常的熱情。

［生日］　　　7月12日
［血型］　　　A型
［出身］　　　靜岡縣
［興趣］　　　手遊、讀書
［討厭的東西］咖哩飯

DAY

1

名詞

名詞的使用規則

名詞

名詞的使用規則

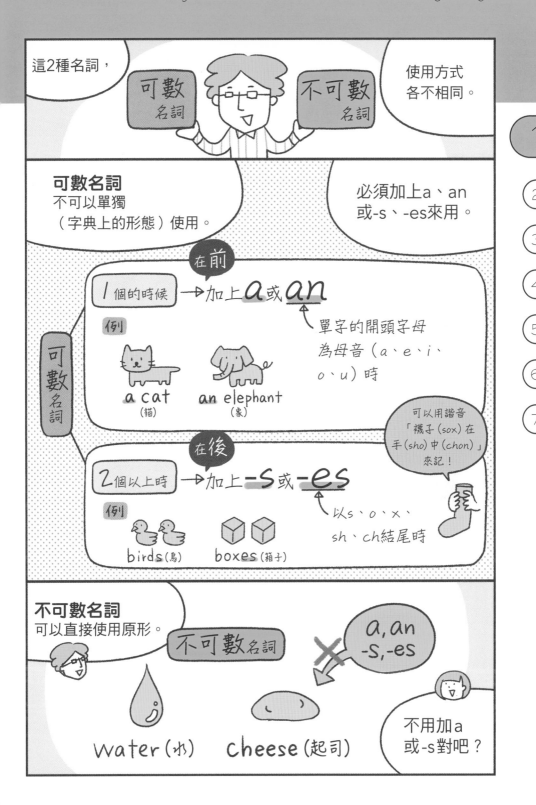

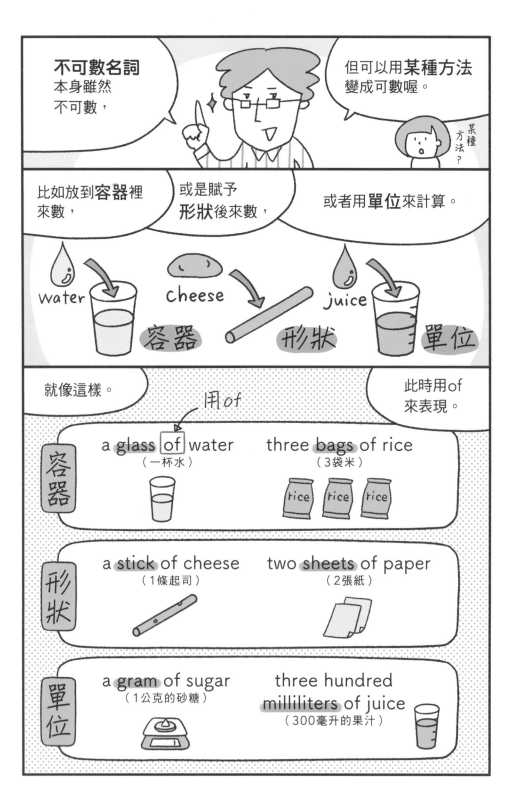

名詞

名詞的使用規則

不可數名詞
本身雖然
不可數，

但可以用**某種方法**
變成可數喔。

某種方法？

比如放到**容器**裡
來數，

或是賦予
形狀後來數，

或者用**單位**來計算。

water　容器

cheese　形狀

juice　單位

就像這樣。

用 of

此時用of
來表現。

容器

a glass of water
（一杯水）

three bags of rice
（3袋米）

rice rice rice

形狀

a stick of cheese
（1條起司）

two sheets of paper
（2張紙）

單位

a gram of sugar
（1公克的砂糖）

three hundred
milliliters of juice
（300毫升的果汁）

GOAL

重點整理

須仔細區分。想正確地使用英文，首先最重要的就是學會名詞的使用。

名詞

名詞的使用規則

記住名詞的使用方法。

I 英文的名詞可分為以下2類。

▼確認規則！

❶可數名詞………與其他物體之間的分界明確，可以計算「1個」、「2個」的東西。具體的東西。
　　　　　　　　例bird（鳥）／pen（筆）／tower（塔）

❷不可數名詞……沒有特定形狀的物質。模糊的東西。抽象的東西。
　　　　　　　　例silver（銀）／air（空氣）／honesty（誠實）

小提醒！！

兩種名詞的用法不同，所以必須確實理解每個名詞究竟屬於可數名詞還是不可數名詞。

2 可數名詞不能直接（按照字典中記載的形態）使用。

▼確認規則！

〔單數（1個）時〕
使用時前面要加a或an。若單字的開頭字母為母音（a、e、i、o、u）時加an。其他時候加a。
例a bird（鳥）／a hat（帽子）／an eye（眼睛）／an olive（橄欖）

〔複數（2個以上）時〕
後面加-s或-es。以s、o、x、sh、ch結尾的名詞加-es。其他名詞加-s。
例dogs（狗）／desks（桌子）／classes（班級）／potatoes（馬鈴薯）

GOAL

小提醒!! 重點是分辨該物是「1個」還是「2個以上」。

3 不可數名詞可以直接使用。不需要加a、an或-s、-es。

4 不可數名詞可以用加of的方式，以「容器」、「形狀」、「單位」來計算。「容器」、「形狀」、「單位」都是可數名詞，所以這部分要加a、an或-s、-es來用。

▼具體範例！

a cup of milk（1杯牛奶）→ cup是容器

two sticks of cheese（2條起司）→ stick是形狀（棒狀）

five grams of gold（5克黃金）→ gram是單位

小提醒!! 由例句可見，a cup、sticks、grams等表示容器、形狀、單位的名詞，都必須搭配a或-s等冠詞來使用。

5 有些名詞是可數名詞，也可以是不可數名詞。

▼具體範例！

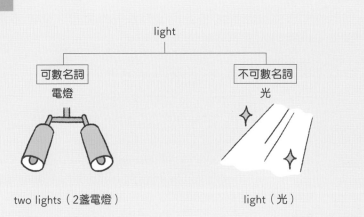

light

可數名詞　　　　　　　　　　　不可數名詞
電燈　　　　　　　　　　　　　光

two lights（2盞電燈）　　　　　light（光）

小提醒!! 同樣是light，當「電燈」時是可數名詞，而當「光」時則是不可數名詞。

練習題

| **1** | 下列名詞屬於可數名詞的寫A，屬於不可數名詞的寫B。 |

(1) milk（牛奶）

(2) yoghurt（優格）

(3) cookie（餅乾）

(4) bread（麵包）

(5) charity（慈愛、慈善）

(6) equality（平等）

(7) function（功能）

| **2** | 下列皆為可當作可數名詞和不可數名詞的單字。請回答在這兩種狀況時，單字分別代表著什麼意思。 |

(1) fire

可數名詞：　　　　　　　　　　不可數名詞：

(2) paper

可數名詞：　　　　　　　　　　不可數名詞：

(3) work

可數名詞：　　　　　　　　　　不可數名詞：

3 請將下列題目翻譯成英文。

(1) 1杯咖啡

_____

(2) 3杯酒

_____

(3) 4箱沙子

_____

(4) 2袋砂糖

_____

4 請將下列題目翻譯成英文。

(1) 2根木材

_____

(2) 1張紙

_____

(3) 1團毛線

_____

(4) 3滴水

_____

| 5 | 請將下列題目翻譯成英文。 |

(1) 2噸米

名詞

(2) 1克黃金

---

(3) 3公升啤酒

---

(4) 5公尺的雪

名詞的使用規則

作品編號0001~0008收錄於《看漫畫輕鬆學！國中英文7天重新掌握》。

解答

1	(1) **B** 不可數名詞　(2) **B** 不可數名詞　(3) **A** 可數名詞　(4) **B** 不可數名詞　(5) **B** 不可數名詞　(6) **B** 不可數名詞　(7) **A** 可數名詞
2	(1) 可數名詞：**火災**　不可數名詞：**火**　(2) 可數名詞：**報紙、論文** 不可數名詞：**紙**　(3) 可數名詞：**作品**　不可數名詞：**工作、勞動**
3	(1) a cup of coffee　(2) three glasses of wine　(3) four boxes of sand　(4) two bags of sugar
4	(1) two sticks of wood　(2) a sheet of paper　(3) a ball of wool　(4) three drops of water
5	(1) two tons of rice　(2) a gram of gold　※也可用**one**代替a。 (3) three liters of beer　(4) five meters of snow

1

(1) 答案 **B** 不可數名詞

澤井 milk是不可數名詞，妳答對了嗎？

關谷 water是「物質」，是不可數名詞吧？所以我想到milk也是液體，應該是不可數名詞。

澤井 很好。其他像wine（紅酒）、beer（啤酒）、vinegar（醋）等液體也都屬於不可數名詞喔。

(2) 答案 **B** 不可數名詞

澤井 yoghurt妳答對了嗎？

關谷 稍微煩惱了一下。因為優格有點像液體又有點像個體。但應該不是能數出

「1個、2個」的東西。所以我想應該是不可數名詞。

澤井 妳的理解沒錯。

(3) 答案 **A** 可數名詞

澤井 cookie應該不需要思考太久吧？

關谷 對。因為餅乾是固體，可以數出「1片」、「2片」，所以是可數名詞。

(4) 答案 **B** 不可數名詞

澤井 很多人都以為bread是可數名詞。

關谷 因為餅乾是可數名詞，所以照理說麵包應該也是可數名詞。

澤井 的確，兩者都是以小麥為主原料，烤成固體的食物。但兩者烤好後的吃法卻

有點不同。

關谷▶吃法？是指要不要抹奶油嗎？

潭井▶不是指那個啦。因為麵包是整塊拿去烤，烤好後再切成小塊不是嗎？所以是以「物質」的形態出爐，然後切分成「個體」後才吃的。但餅乾是出爐後就可以直接吃。

關谷▶原來如此。餅乾在出爐的時候，就已經是「個體」了呢。

潭井▶沒錯。所以cookie是可數名詞。但bread是「物質」，跟water和air一樣是不可數名詞。明明是用類似的材料，用相同的方法做成的食品，卻只因為出爐到入口的微妙差異，就分成可數名詞和不可數名詞。

關谷▶好麻煩喔。

潭井▶但是也很有意思呢。

關谷▶的確有一點有趣。

潭井▶人們看待身邊之物的方式，都會反映在語言上喔。

關谷▶原來如此。

潭井▶所以學習一門語言，也同時是在學習「什麼是人」。

關谷▶真是深奧呢。

(5) 答案 B 不可數名詞

關谷▶這個很簡單。因為charity就跟love一樣，是抽象、模糊的東西對吧？

潭井▶對。所以是不可數名詞。

(6) 答案 B 不可數名詞

關谷▶這個也一樣。「平等」不是可以數「1個、2個」的東西。

潭井▶在中文裡也一樣，不會有人說「4個平等」之類的。所以equality是不可數名詞。

(7) 答案 A 可數名詞

潭井▶這個比較難一點。妳是不是以為function是不可數名詞？

關谷▶嗯。因為「功能」不是眼睛看不到的東西嗎？

潭井▶的確，「功能」跟apple和bird那種擁有明確形體的東西相比，「可數性」感覺比較低。但是，如果用「這台機器有5種功能」的例句來想，就很自然了吧？

關谷▶說得也是。

潭井▶所以function是可數名詞喔。

關谷▶那麼，中文裡可以數「1個、2個」的東西，英文也一定是可數名詞嗎？

潭井▶這倒不一定。譬如information（情報）這個詞。在中文裡，我們可以說「我得到1個不錯的情報」對吧。但這個詞在英文卻是不可數名詞。

關谷▶好難喔。有沒有什麼特別的方法，可以一眼判斷出那個名詞是可數還是不可數呢？

潭井▶雖然不算是特別的方法，但用下列的規則可以判斷大部分的英文名詞喔。

✓CHECK
✓用「個數」計算的東西 → 可數名詞
✓用「量」計算的東西 → 不可數名詞

潭井▶用這個方法來看看information（消息）這個詞吧。你覺得「情報數」和「情報量」，哪個說法比較自然？

關谷▶「情報量」這個說法比較自然。所以information是不可數名詞對吧？這判斷方法真方便呢！

潭井▶雖然不是百分百準確，但也算是一種判別方法。

關谷▶好！我記住了。

名詞

名詞的使用規則

2

(1) 答案 可數名詞：**火事**／不可數名詞：**火**

澤井 fire這個詞，大多數人應該都會先想到不可數名詞的用法吧？

關谷 對。我想到了不可數名詞「火」的意思，卻沒想到「火災」的意思。

澤井 火災可以用「1起、2起」來計算。在英漢字典查fire這個字，可以在代表不可數名詞的 U 記號後查到「火」的意義，而在代表可數名詞的 C 記號後可查到「火災」的意思。

(2) 答案 可數名詞：**報紙、論文**／不可數名詞：**紙**

澤井 paper妳答對了嗎？

關谷 我只想到了「紙」的用法。不過，不太能判斷這個名詞到底是屬於可數還是不可數。

澤井 當作「紙」的意思時，是被當成物質一種，所以是不可數名詞。而paper除了「紙」之外還有「報紙」和「論文」的意義，當作這兩種解釋時則是可數名詞。

關谷 newspaper的paper對吧？

澤井 對。只寫paper的時候也有「報紙」的意思。而報紙可以用「1份、2份」，論文可用「1本、2本」來數，所以是可數名詞。

(3) 答案 可數名詞：**作品**／不可數名詞：**工作、勞動**

澤井 這一題妳是不是也只想到「工作」的意思？

關谷 對啊。

澤井 那當成「工作」的時候，妳覺得是可數還是不可數？

關谷 用你剛剛教我的方法來判斷……「工作量」的用法比「工作數」更自然，所以應該是不可數名詞。可是，我想不到當可數名詞時的意義。

澤井 work這個詞也常常當成「作品」來用，所以請記下來。而「作品數」的用法比「作品量」自然得多，所以此時應該是可數名詞。

3

(1) 答案 **a cup of coffee**

澤井 這一題呢？

關谷 這題不會覺得困難。

(2) 答案 **three glasses of wine**

澤井 妳有忘記把glass改成複數形嗎？不可數名詞雖然可以直接使用，但是用容器來數的時候，容器的部分若是複數就要改成複數形。

關谷 我知道glass要改成複數形，可是卻寫成了-s。答案應該是-es對吧？

澤井 這個也是很容易犯的錯誤，所以來整理一下記法吧！

✓CHECK

✓以s、o、x、sh、ch結尾的單詞，複數形要加-es。

※可以將s、o、x、sh、ch可分成「襪子（s、o、x）」和「手（sh）中（ch）」兩個部分，用諧音來幫助記憶。

GOAL

✓CHECK

「sox・sh・ch」
襪子、手中

只要這樣記就行了。

4

(1) 答案 two sticks of wood

🗨 澤井 ▶ 第4題考的不是容器，而是用形狀來計算的方法。所以我們先來比較看看，用容器或是用形狀計算，兩者有什麼地方不同。

✓CHECK

✓用容器計算時
→ 數值＋容器＋of＋不可數名詞
✓用形狀計算時
→ 數值＋形狀＋of＋不可數名詞

(3) 答案 four boxes of sand

🗨 澤井 ▶ 這題如何？

🗨 關谷 ▶ 這題也答錯了。我加了-s，寫成了boxs。因為這個字是x結尾，所以也屬於「襪子在手中」對吧？

🗨 澤井 ▶ 沒錯。所以不是加-s，應該加-es才對。

(4) 答案 two bags of sugar

🗨 關谷 ▶ 這題我沒想到bag這個詞。因為說到bag，我老是想成出門時帶的包包。

🗨 澤井 ▶ 雖然有點唐突，關谷小姐，妳喜歡喝紅茶嗎？

🗨 關谷 ▶ 喜歡。

🗨 澤井 ▶ 妳在家喝紅茶的時候，每次都會自己量茶葉來泡嗎？

🗨 關谷 ▶ 不會，我都是直接用茶包（tea bag）。

🗨 澤井 ▶ 唔，所以「bag＝袋子」啊！

🗨 關谷 ▶ 啊，原來如此！茶包是袋狀的呢。所以袋子的英文是bag！

🗨 關谷 ▶ 只有數值跟of之間的部分不一樣。

🗨 澤井 ▶ 沒錯。只要在這邊填入表示形狀的單字，就能用跟「容器」一樣的方法計算。問題在於能不能想出表示形狀的單字，妳有想到stick嗎？

🗨 關谷 ▶ 因為我知道起司條的英文cheese stick，所以我猜木材的單位應該也一樣。

🗨 澤井 ▶ 推理得不錯。答對了。

✓CHECK

用stick
表示即可

只要是棒狀的東西

stick

棒

名詞

名詞的使用規則

關谷 ▶不知道答案的時候，都可以用類似的物體來推理嗎？

澤井 ▶對。不只是判斷名詞為可數或不可數，其他很多東西也可以用「以此類推」的方法喔。

(2) 答案 **a sheet of paper**

關谷 ▶我有想到可以用sheet來表示紙「張」。那除了紙以外，還有其他東西可以用a sheet of～來表達嗎？

澤井 ▶當然有。譬如塑膠片就叫a sheet of plastic，木板叫a sheet of wood。順帶一提，「1張紙」也可以用a piece of paper來表現。piece也可以用來形容不是整齊切好的紙張。像是切碎的紙片。

(3) 答案 **a ball of wool**

關谷 ▶這題我有點搞不懂。因為題目是「團」，所以我有想到ball這個字，但以前我從來沒有看過a ball of～的用法，所以一直在煩惱是不是可以這樣寫。

澤井 ▶會搞不懂是很正常的。能馬上想到a ball of～的人很少喔。

關谷 ▶原來如此。那我就放心了。

澤井 ▶沒辦法馬上搞懂也沒關係，只要一點一點慢慢學會a … of～的用法就行了。

(4) 答案 **three drops of water**

澤井 ▶這題很難吧。

關谷 ▶是啊。我完全不會寫。

澤井 ▶說起「形狀」，大家都會馬上想到固體，但有時候液體其實也可以有形狀喔。譬如水滴就是一種形狀。所以「a drop of 不可數名詞」、「two drops of 不可數名詞」的用法也是有的。那麼「1滴血」呢？

關谷 ▶a drop of blood！

澤井 ▶答對了！

5

(1) 答案 **two tons of rice**

澤井 ▶這題如何？

關谷 ▶沒問題。

澤井 ▶只要把之前的「容器」、「形狀」的部分換成「單位」，改成「數值＋單位＋of＋不可數名詞」的形式就可以了。這裡也一樣，如果數值為2以上，數值後面的單字就要改成複數形。

關谷 ▶是。所以我寫的是tons。

澤井 ▶這裡的-s（或者-es）很容易忘記加，所以整理一下重點吧。

> ✓CHECK
>
> ✓ **數值＋容器、形狀、單位＋of＋不可數名詞**
>   此處的**數值**如果是2以上，**這部分**就要改成複數形。

(2) 答案 **a gram of gold**　※a可換成one

澤井 ▶這題呢？

關谷 ▶這題也沒問題。

澤井 ▶不用a而用one，寫成one gram of gold也是正確的。

(3) 答案 **three liters of beer**

關谷 ▶這題的liter我沒寫出來。

澤井 ▶中文寫到公升時常用L當作英文縮寫，但意外地很多人都不曉得本來的單字寫法呢。此類單字也要用心記下來喔。

關谷 ▶好的。

(4) 答案 **five meters of snow**

🗨 澤井 ▶meters有寫出來嗎？

🗨 關谷 ▶這個我有拼出來。

🗨 澤井 ▶順帶一提，前面我們遇到的不可數名詞都可以用「容器」、「形狀」、「單位」來計算，但也有無法用這三者計算的名詞喔。譬如love。

🗨 關谷 ▶的確，love不能裝進容器，也不是物體所以沒有形狀，而且也沒有能計算的單位。

🗨 澤井 ▶話雖如此也不是完全不能計算。譬如就像中文裡也有「請給我一點愛情」的說法，而英文也同樣可以用piece這個字來表達a piece of love。a piece of chocolate（1塊巧克力）的a piece是實際可以摸到的「1塊」，但a piece of love的a piece只是比喻的用法。由此可見piece的應用範圍很廣。甚至可以說「不知道怎麼說時用piece就對了」。

🗨 關谷 ▶「不知道怎麼說時用piece就對了」！我記住了。

🗨 澤井 ▶那麼再考妳一題。「一則資訊」要怎麼說？

🗨 關谷 ▶a piece of information對吧！

🗨 澤井 ▶正確答案！那今天就這邊結束吧！

1

2

3

4

5

6

7

DAY 2

文法①

表達 3 個以下的人事物

只到這裡！

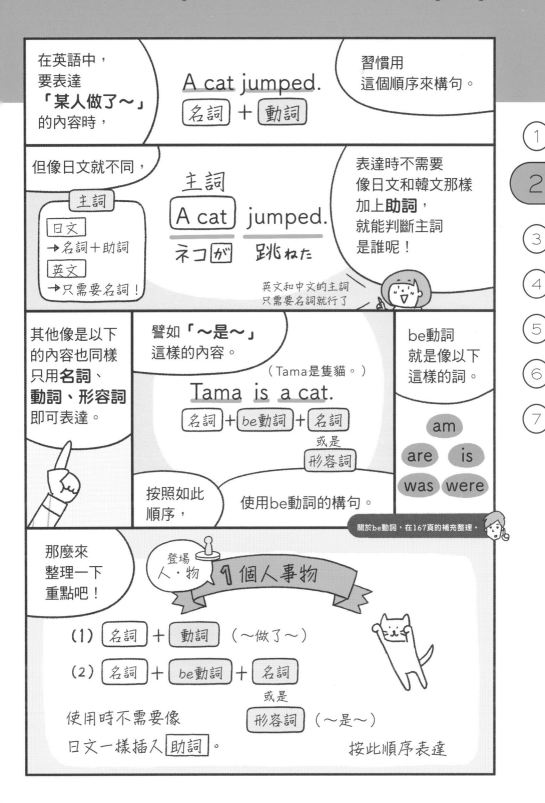

在英語中，
要表達
「某人做了～」
的內容時，

A cat jumped.
名詞 + 動詞

習慣用
這個順序來構句。

但像日文就不同，

主詞

日文
→名詞＋助詞
英文
→只需要名詞！

主詞
A cat jumped.
ネコ が 跳ねた

表達時不需要
像日文和韓文那樣
加上助詞，
就能判斷主詞
是誰呢！

英文和中文的主詞
只需要名詞就行了

其他像是以下
的內容也同樣
只用名詞、
動詞、形容詞
即可表達。

譬如「～是～」
這樣的內容。

（Tama是隻貓。）

Tama is a cat.
名詞 + be動詞 + 名詞
或是
形容詞

be動詞
就是像以下
這樣的詞。

am
are is
was were

按照如此
順序，

使用be動詞的構句。

關於be動詞，在167頁的補充整理。

那麼來
整理一下
重點吧！

登場
人・物
①個人事物

(1) 名詞 + 動詞 （～做了～）

(2) 名詞 + be動詞 + 名詞
或是
形容詞 （～是～）

使用時不需要像
日文一樣插入 助詞 。

按此順序表達

文法

表達３個以下的人事物

接著再來看看有2個人事物登場的情況。

2個人事物

這個狀況寫成英文就是，

登場人・物①
boy（少年）

登場人・物②
butterfly（蝴蝶）

少年抓了1隻蝴蝶。

A boy caught a butterfly.

在英文中要表達「A對B做了某事」的內容時，

要按這樣的順序構句。

（少年抓了1隻蝴蝶。）

A boy　caught　a butterfly.

名詞 ＋ 動詞 ＋ 名詞

讓我們再來看一個例子：

猴子爬樹。

登場人・物①
monkey（猴子）

登場人・物②
tree（樹）

也是相同的表達順序。

（猴子爬樹。）

A monkey　climbed　a tree.

名詞 ＋ 動詞 ＋ 名詞

登場人・物 2個人事物

名詞 ＋ 動詞 ＋ 名詞 （A對B做了～）

按此順序表示

不需要用其他助詞就能表達意思

GOAL

最後是
3個人或物
登場的情況。

3個人事物

這個狀況
用英文表達
就是：

馬把一封信交給鹿

登場人‧物①
horse（馬）

登場人‧物③
letter（信）

登場人‧物②
deer（鹿）

A horse handed a deer a letter.

要按這樣的
順序來構句。

在英文中
要表達
「A把B給C」
的內容時，

（馬把一封信交給鹿。）
A horse　handed　a deer　a letter.
名詞 ＋ 動詞 ＋ 名詞 ＋ 名詞

其他像這樣的內容
也同樣用
名詞、動詞、形容詞的
組合即可表達。

●「A把B～（動詞）為C」（我把這隻貓取名為Tama。）
I call this cat Tama.
名詞＋動詞＋名詞＋名詞

Tama!

喵～

●「A～（動詞）B是C」（我們認為這種動物很危險。）
We think this animal dangerous.
名詞＋動詞＋名詞＋形容詞

扭
扭

●「A使B成為C」（他讓她幸福。）
He made her happy.
名詞＋動詞＋名詞＋形容詞

以上就是
英文中
最基本的
構句
方式。

首先
學會靈活運用
這3種詞類
來表達各種
句意吧！

1　2　3
名詞　動詞　形容詞

英文

好
！

即使只有這樣也能
建立相當的自信喔！

1
2
3
4
5
6
7

重點整理

像日文和韓文這樣的語言，需要在主詞和動詞後加入助詞來構句，但在英文中，只需要組合名詞、動詞、和形容詞，就足以表達3個人事物以下的情境。

文法

表達３個以下的人事物

用英文表達「1個人事物」。

1 當只有1個人事物時，要表達「A做了～」的內容時，是以「名詞 動詞 .」的順序來構句。

▼ 用例句理解！

❶ Tom cried. （湯姆哭了。）
　名詞　動詞

❷ The robot danced. （機器人跳舞了。）
　名詞　　　　動詞

小提醒‼ 句首的名詞就是主詞。跟日文和韓文這種語言不一樣，不需要助詞就能判斷。

2 當只有1個人事物，要表達「A是B」的內容時，則是以「名詞 be動詞 名詞 .」或「名詞 be動詞 形容詞 .」的順序來構句。

▼ 用例句理解！

❶ Jack is a doctor. （傑克是位醫生。）
　名詞 動詞 名詞

❷ Meg is beautiful. （梅格很漂亮。）
　名詞 動詞 形容詞

小提醒‼ be動詞也就是am、are、is、was、were。這些be動詞是用來表達「A跟B是等同關係」的喔。

用英文表達「2個人事物」。

3 當有2個人事物存在時，要表達「A對B做了～」的內容，要以「名詞 動詞 名詞 .」的順序構句。

▼用例句理解！

❶ My sons painted this picture. （我的兒子們畫了這幅畫。）
　　名詞　　　　動詞　　　　名詞

❷ Meg reached the station. （梅格抵達了車站。）
　　名詞　　動詞　　　名詞

小提醒!!
大多數的動詞都可應用於這個句型。除了上面的例句之外，還有很多很多的例子喔。

用英文表達「3個人事物」。

4 當有3個人事物存在時，要表達「A把B給C」的內容時，要以「名詞 動詞 名詞 名詞 .」的順序構句。

▼用例句理解！

❶ Ken gave his son a watch. （肯給了兒子一只手錶。）
　　名詞　動詞　　名詞　　　名詞

❷ The man handed me a key. （那個男人把鑰匙遞給我。）
　　　名詞　　　動詞　　名詞 名詞

小提醒!!
可用於此句型的動詞，最代表性的有give（給）、hand（遞）、send（送）、tell（告訴）等，都是含有「傳遞事物或資訊」含意的動詞喔。

1
2
3
4
5
6
7

5 以下內容的文句，可用「名詞 動詞 名詞 名詞.」或「名詞 動詞 名詞 形容詞.」的句型來表達。

> ❶「A把B～（動詞）為C」　❷「A～（動詞）B是C」　❸「A使B成為C」

文法

表達３個以下的人事物

▼ **用例句理解！**

❶ We call the boy Sam.（我們稱呼那個少年為山姆。）
　名詞 動詞　名詞　名詞

❷ They think the man a hero.（他們認為那個男人是英雄。）
　名詞　動詞　名詞　名詞

❸ John made Meg his secretary.（約翰讓梅格當自己的祕書。）
　名詞　動詞　名詞　　名詞

明天的
會議是10點
開始喔

好的

小提醒!!

例句❸中的make不是「做」的意思，而是「使～」的意思喔。雖然同樣是動詞，但在不同構句下意思也會有所不同。

GOAL

練習題

1 請在空格中填入正確的be動詞,完成題目的句子。

(1) 亞歷克斯是位詩人。

Alex _____ a poet.

(2) 我的父母很高。

My parents _____ tall.

(3) 我是隻貓。

I _____ a cat.

(4) 那個女孩生病了。

The girl _____ sick.

(5) 他的眼鏡濕了。

His glasses _____ wet.

2 請在空格中填入正確的動詞,完成題目的句子。只能使用下一頁的候選字,並轉換成正確的時態。每個候選字只能使用1次。

(1) 一隻熊弄壞了我的腳踏車。

A bear _____ my bicycle.

(2) 爸爸見了那位律師。

My father _____ the lawyer.

(3) 哥哥切了1顆西瓜。

My brother [　　　　　] a watermelon.

(4) 那位女性以前喜歡我的母親。

The lady [　　　　　] my mother.

(5) 警察攔下了1輛車子。

A policeman [　　　　　] a car.

〔候選字〕　stop　break　cut　like　meet

3 請重新排列下面括號內的單字，使文句與題目的意思相同。請將動詞轉換為正確的時態。

(1) 那個女孩對我丟了1顆球。
　　(me / the / throw / girl / ball / a).

_____

(2) 王先生把獎牌交給了少年。
　　(a / a / hand / Mr. Wang / medal / boy) .

_____

(3) 湯姆給了波奇一塊肉。
　　(give / meat / a / of / Pochi / Tom / piece) .

_____

(4) 爸爸將那則新聞告訴了我們。
　　（ tell / us / father / my / news / the ）.

文法

表達３個以下的人事物

(5) 我寄了一只手錶給他。
　　（ a / him / I / watch / send ）.

4 請將下列文句翻成英文。

(1) 他們稱呼那座塔為傑克。

(2) 湯姆把自己的兒子取名為鮑伯。

5 請重新排列下面括號內的單字，使文句與題目的意思相同。

(1) 我認為那個故事是真的。
　　（ story / think / I / true / the ）.

(2) 他認為她的成功是奇蹟。
　　（ a / considered / her / they / miracle / success ）.

6 請在空格中填入正確的動詞，完成題目的句子。只能使用下方的候選字，並轉換成正確的時態。每個候選字只能使用一次。

(1) 麗莎丟下了女兒一個人。

Lisa ⬚ her daughter alone.

(2) 學生們將教室保持得很乾淨。（過去式）

The students ⬚ their classroom clean.

(3) 喬娶了瑪莉為妻。

Joe ⬚ Mary his wife.

〔候選字〕　make　leave　keep

① ② ③ ④ ⑤ ⑥ ⑦

解答

文法

表達3個以下的人事物

I
(1) Alex (**is**) a poet.　(2) My parents (**are**) tall.　(3) I (**am**) a cat.　(4) The girl (**was**) sick.　(5) His glasses (**were**) wet.

2
(1) A bear (**broke**) my bicycle.　(2) My father (**met**) the lawyer.　(3) My brother (**cut**) a watermelon.　(4) The lady (**liked**) my mother.　(5) A policeman (**stopped**) a car.

3
(1) The girl threw me a ball.　(2) Mr. Wang handed a boy a medal.　(3) Tom gave Pochi a piece of meat.　(4) My father told us the news.　(5) I sent him a watch.

4
(1) They call the tower Jack.
(2) Tom named his son Bob.

5
(1) I think the story true.　(2) They considered her success a miracle.

6
(1) Lisa (**left**) her daughter alone.　(2) The students (**kept**) their classroom clean.　(3) Joe (**made**) Mary his wife.

I

(1) 答案 Alex (**is**) a poet.
(2) 答案 My parents (**are**) tall.
(3) 答案 I (**am**) a cat.
(4) 答案 The girl (**was**) sick.
(5) 答案 His glasses (**were**) wet.

澤井 讓我們來對答案吧。關谷小姐成績如何？

關谷 我錯了一題。

澤井 是(5)對不對？

關谷 你怎麼知道？

澤井 因為很多人都錯這題。

關谷 因為一個人通常只會戴一副眼鏡啊。所以我以為應該是was。

澤井 的確很容易這麼想呢。但是英文裡一副眼鏡有兩個鏡片，所以是用glass的複數形glasses。在英文的世界，眼鏡是「兩片玻璃」的意象喔。

關谷 因為是複數形，所以be動詞不是was，應該were對吧。

澤井 是的。

關谷 還有，雖然是題目的問題，但夏目漱石的小說《我是貓》翻譯成英文原來是I

am a cat嗎？真是俗氣的名字呢。總覺得有點意外。

譯井 日文裡的第一人稱非常豐富，有「私」、「僕」、「俺」、「我」、「我が輩（吾輩）」、「拙者」等。可是英文的第一人稱就只有I，所以翻譯之後韻味和氣氛就完全消失了。

關谷 原來如此。可是用英文說話的時候，稱呼自己只要全部用I就好，也是滿方便的呢。

譯井 沒錯。但是相對地，英文的be動詞用起來就十分麻煩，所以這部分得要多加練習。

2

(1) 答案 A bear （ **broke** ） my bicycle.

譯井 第 2 部分題目要考的是「A對B做了～。」的句型。第(1)題你答對了嗎？

關谷 因為是「弄壞了」而不是「弄壞」，所以應該用break的過去式，這點我知道。但我寫成了breaked。

譯井 break屬於不規則變化的動詞。這類動詞的過去式除了一個一個死背之外沒有別的辦法。

關谷 好的。

(2) 答案 My father （ **met** ） the lawyer.

譯井 這一題的動詞也同樣要用過去式。因為不是「去見」而是「見了」。

關谷 是。我還記得meet的過去式是met。

譯井 變成過去式後只剩下一個e呢。

(3) 答案 My brother （ **cut** ） a watermelon.

譯井 cut的過去式跟原形一樣，也就是「字典上的形態」。這個妳知道嗎？

關谷 是。我記得cut、put、hit等等以t結尾的動詞，很多過去式都跟原形一樣。

譯井 其他像set、hurt（傷害）、cast（投）也是喔。

(4) 答案 The lady （ **liked** ） my mother.

譯井 like的過去式有寫對嗎？

關谷 有。畢竟likeed寫起來太奇怪了。

譯井 以e結尾的動詞，過去式不是再加-ed，而是加-d。這種動詞不屬於不規則變化，而屬於規則變化中的特殊情況。

(5) 答案 A policeman （ **stopped** ） a car.

關谷 這題也屬於特殊形態的過去式呢。

譯井 沒錯。以「短母音＋子音」結尾的動詞，過去式在加-ed前要重複一個語尾的子音。所謂的母音也就是a、e、i、o、u。stop的過去式不是stoped，而是stopped。另外像drop跟step也是同樣的模式。

3

(1) 答案 (1) **The girl threw me a ball**.

譯井 第 3 部分練習的是如何表達「A把B給C」的內容。在英文中，只需簡單結合動詞和名詞，就能表達這樣的句意。

關谷 的確，在解答的句子中沒有對應於「把」、「給」的字呢。

譯井 還有，這一題的動詞同樣也是過去式。throw的過去式是threw，有答對嗎？

關谷 這裡我寫成throwed了。下次會記住的。

🗣 澤井 對了,妳知道為什麼這句話中的女孩子明明只有一個人,冠詞卻不是加a嗎?

🐱 關谷 因為已經用the了。

🗣 澤井 沒錯。這是第一天學過的內容。

文法

表達3個以下的人事物

(2) 答案 **Mr. Wang handed a boy a medal.**

🗣 澤井 這一題如何?

🐱 關谷 有寫出來。雖然選項裡有兩個a,稍微覺得怪怪的,但boy和medal都是可數名詞,所以兩個都必須加a。

(3) 答案 **Tom gave Pochi a piece of meat.**

🐱 關谷 我還記得give的過去式是gave。

🗣 澤井 meat前面有加a piece of嗎?

🐱 關谷 有。因為meat是物質,所以是不可數名詞對吧?

🗣 澤井 沒錯。所以要計算肉類的時候,必須用容器、形狀、單位去數。稍微舉個例子吧。

✓CHECK

✓ 用容器計算
a plate of meat(1盤肉)
✓ 用形狀計算
a slice of meat(1片肉)
✓ 用單位計算
two kilograms of meat(2公斤的肉)

🗣 澤井 順帶一提,計算不可數名詞的方法,也就是「容器、形狀、單位」,可以用「容、形、單」來記。也就是三個詞的字首。

🐱 關谷 容、形、單是嗎?

🗣 澤井 因為唸起來很順,只要多唸幾次就能背下來了喔。

(4) 答案 **My father told us the news.**

🗣 澤井 tell的過去式told寫對了嗎?

🐱 關谷 這個也沒問題。

🗣 澤井 OK!

(5) 答案 **I sent him a watch.**

🗣 澤井 這題呢?

🐱 關谷 我把過去式寫成了sended。但應該是sent才對呢。

🗣 澤井 另外,如果寄的手錶數量是2只以上,watch就要改成複數形。而watch的複數形比較特別,你知道怎麼改嗎?

🐱 關谷 因為是ch結尾,所以屬於「襪子在手中」的特例對吧?要加-es。

🗣 澤井 很好。watch的複數形是watches。那麼,順便來看看第3部分出現的其他動詞吧。throw、hand、give、tell、send。妳有發現這個動詞的共通點嗎?

🐱 關谷 好像都是某人把某物「給予」另一個人的意思呢。

🗣 澤井 沒錯。throw有丟給的意思,而tell則有把資訊傳給另一人的意義,所以廣義來說全部都屬於「給予」的意思。因此,第3部分的例句可以整理出以下重點。

✓CHECK

✓ 使用廣義上帶有「給予」意義的動詞,按照「名詞 動詞 名詞 名詞」的順序構句時,就是「A把B給C」的意思。

4

(1) 答案 **They call the tower Jack.**

🗣 澤井 這題的解說讓我們先從重點整理的部分開始。

> ☑CHECK
>
> ✓ 使用具有「稱呼」、「命名」意義的動詞，依照「名詞 動詞 名詞 名詞」的順序構句時，就是「A稱B為C」的意思。

🗣 澤井 第 4 部分，考的是以上的知識。

👤 關谷 這題我雖然答對了，但我總覺得call應該是「打電話」的意思。

🗣 澤井 當然，call也可以用於I called him.（我打電話給他）的句型。但也可以用在（1）這樣「名詞 動詞 名詞 名詞」的句型。英文中很多動詞都有2種以上的用法。這點要好好記住。

> ☑CHECK
>
> ✓ 很多動詞都有2種以上的用法。

👤 關谷 好的。

(2) 答案 **Tom named his son Bob.**

👤 關谷 這題反而比較簡單。

🗣 澤井 name也跟call一樣，用在「名詞 動詞 名詞 名詞」順序的句型時，具有「A稱B為C」的意思。

5

(1) 答案 **I think the story true.**

🗣 澤井 這題也先進行重點整理。

> ☑CHECK
>
> ✓ 在「名詞 動詞 名詞 名詞」或「名詞 動詞 名詞 形容詞」的句型中，使用帶有「認為」、「覺得」意義的動詞時，就是「A認為B是C」的意思。

🗣 澤井 關谷小姐，這題妳答對了嗎？

👤 關谷 寫對了。

(2) 答案 **They considered her success a miracle.**

🗣 澤井 這題也是「A認為B是C」意思的構句。her success跟a miracle的中間都不需要加帶有「是」意義的詞，就能表達完整的意思。

👤 關谷 英文造句真輕鬆呢，只要用很少的單字就行了。

🗣 澤井 可是，在閱讀和聆聽的時候就很辛苦了。

👤 關谷 怎麼說呢？

🗣 澤井 因為必須自己思考，在文句中沒有「是」、「為」、「等同」等輔助詞的幫助下去理解對方想表達的意思啊。

👤 關谷 原來如此，的確是這樣。

🗣 澤井 所以說或寫起來輕鬆的句型，對於閱讀和聽者而言，往往卻是難以理解的句型喔。

1
2
3
4
5
6
7

6

(1) 答案 Lisa (**left**) her daughter alone.

(2) 答案 The students (**kept**) their classroom clean.

(3) 答案 Joe (**made**) Mary his wife.

💬 澤井 這裡也先整理重點。

> ✓CHECK
>
> ✓ 在「名詞 動詞 名詞 名詞」或「名詞 動詞 名詞 形容詞」的句型中,使用帶有「做」、「保持」意義的動詞時,有「A使B成為C」的意思。

💬 澤井 問題的重點在於會否區分keep、leave、make的用法。關谷小姐,妳寫得如何?

💬 關谷 (3)寫對了。但(1)和(2)的答案寫反了。

💬 澤井 那我整理一下這三者的用法吧。

> ✓CHECK
>
> ✓ keep:A使B保持在C
> ※行為者需要付出努力
> ✓ leave:A使B保持在C
> ※行為者什麼都不用做
> ✓ make:A使B成為C

💬 澤井 把女兒一個人「留」在家需要付出努力嗎?還是什麼都不做就好。

💬 關谷 什麼都不做就好。

💬 澤井 對吧。所以(1)要用leave。過去式是left。那麼,什麼都不做可以使教室維持整潔狀態嗎?

💬 關谷 不行。必須要打掃才能「維持」整潔的狀態。

💬 澤井 沒錯。所以這邊應該用keep。而keep的過去式是kept。那今天的練習就到此結束囉!

文法

表達3個以下的人事物

DAY 3

文法② · 介系詞

表達4個以上的人事物

表達4個以上的人事物

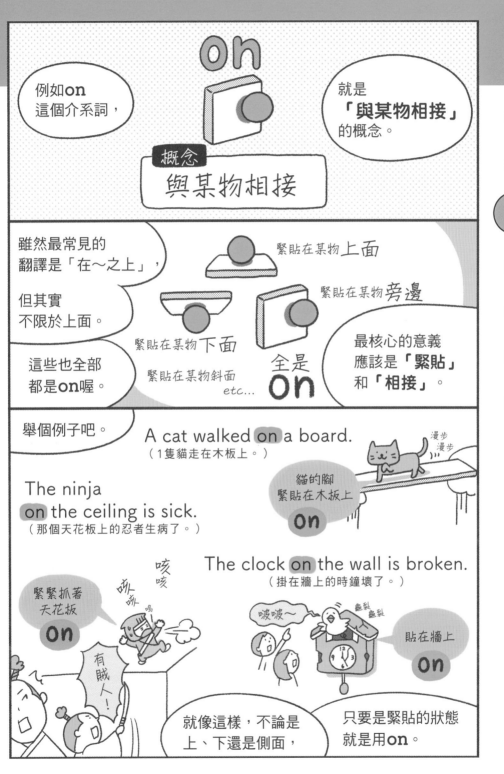

on

例如on
這個介系詞，

就是
「與某物相接」
的概念。

概念
與某物相接

雖然最常見的
翻譯是「在～之上」，

但其實
不限於上面。

緊貼在某物上面

緊貼在某物旁邊

緊貼在某物下面

這些也全部
都是on喔。

緊貼在某物斜面
etc...

全是
on

最核心的意義
應該是「緊貼」
和「相接」。

舉個例子吧。

A cat walked on a board.
（1隻貓走在木板上。）

漫步
漫步

貓的腳
緊貼在木板上

on

The ninja
on the ceiling is sick.
（那個天花板上的忍者生病了。）

咳
咳

啾
啾
嗚

The clock on the wall is broken.
（掛在牆上的時鐘壞了。）

緊緊抓著
天花板

on

啵啵～

龜裂
龜裂

有
賊
人
！

貼在牆上

on

就像這樣，不論是
上、下還是側面，

只要是緊貼的狀態
就是用on。

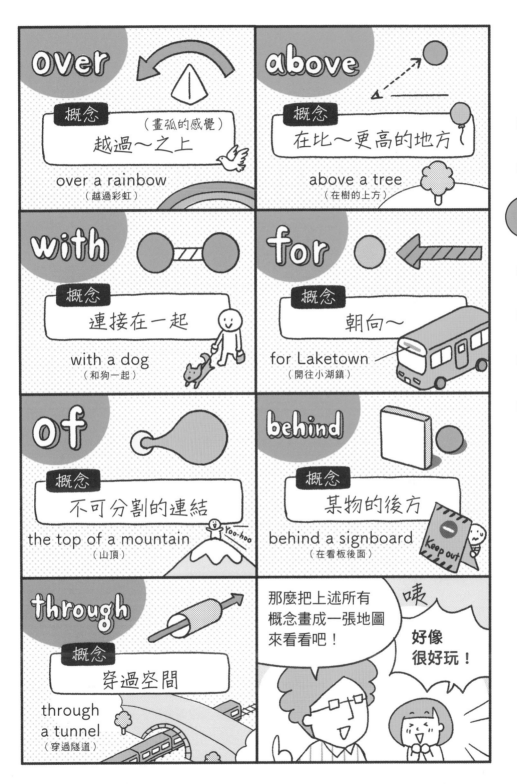

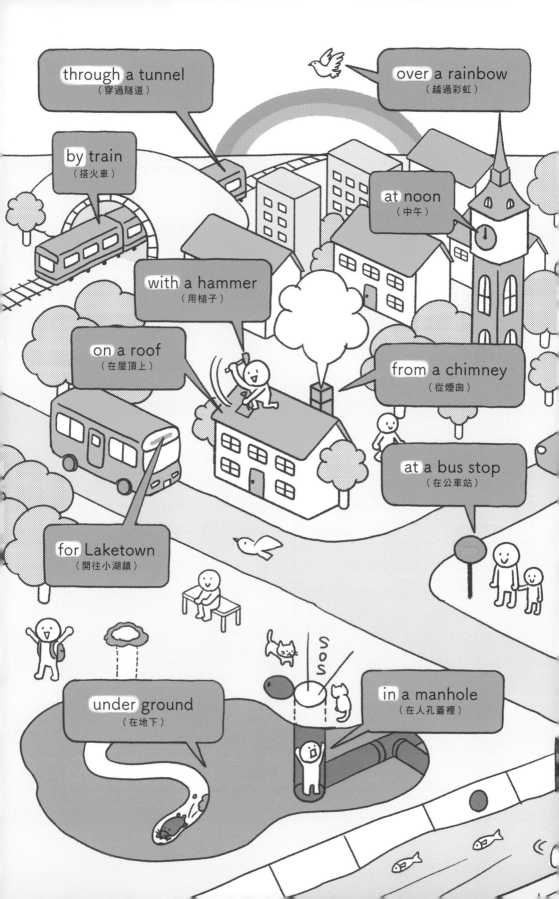

重點整理

英文中存在著介系詞。運用介系詞，我們可以表達有4個以上人或物出場的情境。另外，也有很多不用介系詞就無法表達的內容。

文法②・介系詞 表達 4 個以上的人事物

認識介系詞的規則和構句方式。

I 介系詞的後面要接名詞。

▼用概念圖理解！

小提醒‼

> 因為是放在名詞的「前面」，所以嚴格名稱又叫「前置介系詞」喔。

2 介系詞組合可放在「名詞」或「動詞」後面來修飾詞彙。

▼用概念圖理解！

❶ 修飾名詞
名
The man in my car is Jack.
修飾
（我車裡的男人是傑克。）

❷ 修飾動詞
動
I live in Tokyo
修飾
（我住在東京。）

小提醒‼

> 如上圖所見，介系詞和名詞的組合通常是放在其他詞後面來修飾，但修飾動詞的時候，有時也會放在前面。

GOAL

3 相同介系詞，修飾名詞和修飾動詞時的不同之處。

▼用例句理解！

❶ This is a book for beginners. （這是給初學者看的書。）
　　　　　　　　　　　修飾

※「介系詞＋名詞」修飾的是名詞a book（畫線處）。

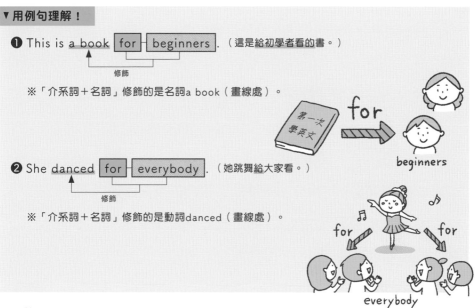

❷ She danced for everybody. （她跳舞給大家看。）
　　　　　　　　修飾

※「介系詞＋名詞」修飾的是動詞danced（畫線處）。

小提醒！！

> 介系詞用來修飾名詞時，翻譯成中文通常會是「～的」。

4 各種介系詞的核心概念。

▼介系詞	▼核心概念	▼介系詞	▼核心概念
in	區塊內	over	越過～之上
at	點	above	在比～更高處
on	相接	with	連接
to	朝向～	for	朝向～
from	從某點開始	of	不可分割的連結
under	在～之下	behind	在某物後面
below	在比～更低處	through	穿過空間

小提醒！！

> 各介系詞的概念圖請見P.56～P.57。

練習題

文法②・介系詞

表達4個以上的人事物

1 請留意畫底線處，將下列句子翻譯成中文。

(1) I heard this news from my father.

_____

(2) This is a report from London.

_____

(3) A cat jumped behind a curtain.

_____

(4) The man behind me was my son.

_____

(5) John escaped through this door.

_____

(6) The view through the telescope was fantastic.

_____

2 請從候選字中選出正確的介系詞填入空格，完成題目的句子。

(1) 他把球放進箱子裡。

He put a ball [   ] a box.

GOAL

(2) 我們在3點50分離開了那座小鎮。

We left the town [　　　　　] 3:50.

(3) 鮑伯去了青森。

Bob went [　　　　　] Aomori.

(4) 她把刀子放在盤子上。

She put a knife [　　　　　] a plate.

(5) 我為兒子做了一張椅子。

I made a chair [　　　　　] my son.

〔候選字〕　on　in　for　at　to

① ② ③ ④ ⑤ ⑥ ⑦

3 請從候選字中選出正確的介系詞填入空格，完成題目的句子。

(1) 我們在巴黎住了3年。

We lived [　　　　　] Paris for three years.

(2) 那名警察在公車站逮捕了山姆。

The police officer arrested Sam [　　　　　] a bus stop.

(3) 那些女孩們在舞台上唱歌。

The girls sang [　　　　　] a stage.

(4) 她用刀子切了那顆蘋果。

She cut the apple [　　　　　] a knife.

〔候選字〕　on　with　at　in

4 請從候選字中選出正確的介系詞填入空格，完成題目的句子。

(1) 牆上的時鐘壞了。

The clock [_____] the wall is broken.

(2) 這是123號房的鑰匙。

This is the key [_____] Room 123.

(3) 那個穿白襯衫的男人是鮑伯。

The man [_____] the white shirt is Bob.

(4) 這是治頭痛的藥。

This is medicine [_____] headaches.

(5) 他是我學校的老師。

He is a teacher [_____] my school.

(6) 他是教歷史的老師。

He is a teacher [_____] history.

〔候選字〕 on for at in to of

5 從候選字中選出正確的介系詞填入空格，完成題目的句子。

(1) 她把毛毯蓋在小寶寶身上。

She put a blanket [_____] her baby.

文法②・介系詞

表達4個以上的人事物

(2) 他住在便利商店樓上的公寓。

He lives in an apartment [   ] a convenience store.

(3) 那些貓咪住在橋下。

The cats live [   ] a bridge.

(4) 我們從飛機上看到下方的大海。

From the airplane we saw the sea [   ] us.

〔候選字〕　over　below　above　under

6 | **請翻譯下列英文句子。**

(1) She wrote the novel in English.

_____

(2) George died of cancer.

_____

(3) I know a couple with six children.

_____

(4) We danced to the song.

_____

(5) Through the experience I learned the importance of peace.

_____

① ② ③ ④ ⑤ ⑥ ⑦

解答

1 (1) 我從父親那裡聽說了這則新聞。 (2) 這是來自倫敦的報告。 (3) 一隻貓在窗簾後面跳。 (4) 我身後的男人是我兒子。 (5) 約翰通過這扇門逃走了。 (6) 透過望遠鏡看到的風景很美。

2 (1) He put a ball (in) a box. (2) We left the town (at) 3:50. (3) Bob went (to) Aomori. (4) She put a knife (on) a plate. (5) I made a chair (for) my son.

3 (1) We lived (in) Paris for three years. (2) The police officer arrested Sam (at) a bus stop. (3) The girls sang (on) a stage. (4) She cut the apple (with) a knife.

4 (1) The clock (on) the wall is broken. (2) This is the key (to) Room 123. (3) The man (in) the white shirt is Bob. (4) This is medicine (for) headaches. (5) He is a teacher (at) my school. (6) He is a teacher (of) history.

5 (1) She put a blanket (over) her baby. (2) He lives in an apartment (above) a convenience store. (3) The cats live (under) a bridge. (4) From the airplane we saw the sea (below) us.

6 (1) 她用英文寫了那本小說。 (2) 喬治死於癌症。 (3) 我認識一對有六個小孩的夫妻。 (4) 我們隨那首歌起舞。 (5) 經過那次經驗我學到了和平的寶貴。

GOAL

1

(1) 答案 **我從父親那裡聽說了這則新聞。**

(2) 答案 **這是來自倫敦的報告。**

澤井 那就進入第3天吧。今天的第 1 部分我們一次解說兩題。在(1)和(2)的文中，兩者雖然都用了from，但「from＋名詞」修飾的詞類卻不一樣。關谷小姐，妳知道這兩個「from＋名詞」所修飾的各是什麼嗎？

關谷 (1)修飾的是heard，(2)修飾的是report。

澤井 沒錯。(1)修飾的是動詞heard，而(2)修飾的是名詞report。就像這樣，當修飾的對象不同時，「介系詞＋名詞」的中文翻譯也會不同。關谷小姐，請試著翻譯這2個畫底線的部分。

關谷 好，(1)的劃線處是「從父親那裡」，(2)是「來自倫敦的」。

澤井 很好。同樣是from～，修飾動詞時意思是「從～」，而修飾名詞時的意思卻是「來自～的」。一個有「的」而另一個沒有。

關谷 好麻煩喔。

澤井 的確有一點。所以要翻譯「介系詞＋名詞」的時候，必須先小心看看修飾的究竟是什麼詞，然後選擇正確的翻譯。

(3) 答案 **一隻貓在窗簾後面跳。**

(4) 答案 **我身後的男人是我兒子。**

澤井 妳認為這兩題劃線的部分在修飾什麼呢？

關谷 (3)的behind a curtain修飾動詞jumped。(4)的behind me修飾名詞man。

澤井 沒錯。所以(3)要譯成「在窗簾後面」，而(4)是「我身後的」。(4)修飾的

是名詞，所以要加「的」。跟(2)一樣。

關谷 好的。

(5) 答案 **約翰通過這扇門逃走了。**

(6) 答案 **透過望遠鏡看到的風景很美。**

澤井 這兩題的劃線處也是一個修飾動詞，一個修飾名詞。

關谷 嗯。(5)的劃線處修飾的是動詞escaped。(6)是修飾名詞view。

澤井 沒錯。不過這題的名詞修飾，在翻譯時需要花點工夫。(5)的劃線處意思是「通過這扇門」。沒什麼問題。但(6)的劃線處如果照(2)或(4)的方式直譯，就會變成「穿過望遠鏡」。翻起來就變成「穿過望遠鏡看到的風景很美」。關谷小姐，這句話中文聽起來如何？

關谷 很怪。

澤井 對吧。那麼，應該怎麼改才好呢？

關谷 「通過望遠鏡看到的風景很美」怎麼樣？

澤井 還是有點不自然呢。那麼「透過望遠鏡看到的風景很美」如何呢？

關谷 很自然！

澤井 就像這樣，在翻譯「介系詞＋名詞」的部分時，很多時候必須稍微改寫才會自然喔。

2

(1) 答案 He put a ball （ **in** ） a box.

關谷 雖然都叫介系詞，但使用的時機卻差異很大呢。

澤井 沒錯。所以使用時一定要連介系詞的意思一併考慮。譬如這句的意思是「箱子裡」。

關谷 對。

澤井 所以說，我們要使用具有「在箱子

這個區塊內」意思的介系詞。

🐱 關谷▶ 所以應該用in對吧！

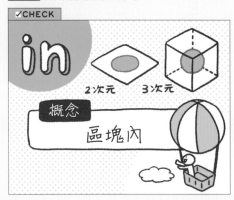

✓CHECK

in

2次元　3次元

概念

區塊內

（2）答案 We left the town（ at ）3:50.

🐱 澤井▶ 這題的「在3點50分」，意思是「在3點50分這個時間點」。

🐱 關谷▶ 所以要用表示「點」的介系詞at對不對？

🐱 澤井▶ 正是如此。

✓CHECK

at

概念

點

（3）答案 Bob went（ to ）Aomori.

🐱 澤井▶ 這一句的to Aomori是「到達青森這個點」的意思。下面我們來補充說明一下to和for的不同。

🐱 關谷▶ 好。

🐱 澤井▶ 兩者雖然都有「朝向～」的意思，

但to比較有「到達」的意思。而「鮑伯去了青森」，代表他到達青森了沒？

🐱 關谷▶ 到了。所以應該用to對吧？

✓CHECK

to

到達

概念

朝向～

🐱 澤井▶ 另外for還有「為了～」、「給～的」等目的性的意義，這點也要知道。

🐱 關谷▶ 是。

（4）答案 She put a knife（ on ）a plate.

🐱 澤井▶「她把刀子放在盤子上」，請問這句話有「刀子在盤子內」的意思嗎？

🐱 關谷▶ 感覺沒有「在裡面」的意思。

🐱 澤井▶ 那麼把刀子放在盤子上，應該是什麼狀態？

🐱 關谷▶ 刀子貼著盤子的狀態。

🐱 澤井▶ 沒錯。是相接的狀態。而「相接」的介系詞是？

🐱 關谷▶ 是on。

✓CHECK

on

概念

相接

(5) 答案 I made a chair （ **for** ） my son.

💭 潭井 「我為兒子做了一張椅子」的「為」，是「為了」的意思。

😀 關谷 「為了」的介系詞是for對吧。剛剛學過了。

3

(1) 答案 We lived （ **in** ） Paris for three years.

😀 關谷 「在」這個字也可以翻成很多種介系詞呢。

💭 潭井 沒錯。所以必須從整體的句意去仔細思考。

😀 關谷 然後再挑出符合整體句意的介系詞，對不對？

💭 潭井 正是如此。而「在巴黎」指的是「在巴黎這個地區」的意思。

😀 關谷 而「地區」屬於「區塊」概念的一種對吧？

💭 潭井 只要知道這點，應該就能理解為什麼要用in了。

(2) 答案 The police officer arrested Sam （ **at** ） a bus stop.

💭 潭井 「在公車站」這句話，妳覺得是

「在公車站這個區塊內」的意思嗎？

😀 關谷 不是，公車站並非一個「區塊」的概念。

💭 潭井 沒錯。所以應該是「在公車站這個地點」的意思。

😀 關谷 因為是「點」，所以是at。

(3) 答案 The girls sang （ **on** ） a stage.

💭 潭井 「在舞台上唱歌」的情境中，唱歌者的腳跟舞台是什麼狀態？

😀 關谷 是連在一起的。所以是on。

(4) 答案 She cut the apple （ **with** ） a knife.

💭 潭井 在「用刀子切」、「用棍棒打」、「用針刺」這種使用工具的情境中，刀子、棍棒、針跟使用者之間是一體的狀態對吧？

😀 關谷 對。所以這題的「用刀子」的「用」，應該用with對吧？

✓CHECK

with

概念

連結

💭 潭井 沒錯。那麼，這邊順便分享一個補充知識。請看看下面的句子。

Bob went to Aomori by train.
（鮑伯搭火車去了青森。）

1

2

3

4

5

6

7

文法②・介系詞

表達4個以上的人事物

關谷 這裡的「搭火車」的「搭」，用的是by呢。

澤井 嗯。這裡的by不是「透過工具」，而是「手段」的意思。代表「利用火車這種手段」。這種時候，使用者跟手段並非一體的，所以不是with。

關谷 的確，乘客和火車並沒有變成一體。

澤井 沒有手跟刀子那樣的一體感對吧？

關谷 對了，為什麼這裡的train不需要加冠詞呢？我以為火車是可以數「1輛、2輛」的說。

澤井 的確。那我們再用另一個說明吧。譬如「搭船去沖繩」這句話中，妳會聯想到具體的船隻，或個別的一艘船嗎？

關谷 不，不會。

澤井 不會對吧？因為這裡「搭船」是「走海路」或「搭乘船這種交通工具」的意思。這裡的船不是具體個別的船，而是交通手段的船。因為非具體、抽象的事物屬於不可數名詞，所以此句中的「船」是by ship。把ship當成不可數名詞來用，不用加冠詞。

關谷 所以by train的train也是相同的道理，對不對？

澤井 沒錯。

4

(1) 答案 The clock (**on**) the wall is broken.

澤井 關谷小姐，說到對應於中文的「的」這個字的英文介系詞，妳最先想到哪個？

關谷 of。

澤井 我想也是。不過，把「的」翻成英文時，其實並不一定是用of。譬如這題的

答案就是on。

關谷 因為牆壁跟時鐘是相接的對吧？

澤井 就是這樣！

(2) 答案 This is the key (**to**) Room 123.

澤井 這題有點難吧？

關谷 對。(1)的on我答對了，但這題的to卻沒寫出來。

澤井 to有「到達」的意思，這點剛剛已經說過了。而鑰匙也同樣必須到達門把，插進鎖孔內才能作用不是嗎？

關谷 原來如此。所以才用to啊。

(3) 答案 The man (**in**) the white shirt is Bob.

澤井 這題如何？

關谷 這題也寫錯了。

澤井 妳可以把「穿白襯衫的男人」想成「男人在白襯衫的區塊內」。而表示區塊的介系詞是？

關谷 in。

澤井 對。所以這題要用in。只要有「穿著～」的意思都是用in來表示。

(4) 答案 This is medicine (**for**) headaches.

澤井 「頭痛藥」的完整意思就是「用來治療頭痛的藥」。

關谷 因為有「為了某目的」的意思，所以介系詞是for！

澤井 沒錯。就是這個意思。

(5) 答案 He is a teacher (**at**) my school.

(6) 答案 He is a teacher (**of**) history.

🗨 澤井 最後這兩題我們一併解說。「我學校的老師」跟「教歷史的老師」，兩者雖然是「～的老師」，但「～」的部分意義不一樣喔。

🗨 關谷 我知道。「我學校」是教書的場所，而「歷史」則是科目。

🗨 澤井 是的。「我學校的老師」，完整的意思就是「在我的學校這個地點教書的老師」。而代表點的介系詞要用？

🗨 關谷 用at。

🗨 澤井 沒錯。所以「我學校的老師」是a teacher at my school。同理，「早稻田大學的教授」應該怎麼翻？「教授」的英文是professor，早稻田則是Waseda。

🗨 關谷 a professor at Waseda。

🗨 澤井 答對了。至於「教歷史的老師」，則是「教歷史這個科目的老師」。歷史老師的腦中，一定充滿了歷史的知識對吧？

🗨 關谷 對。

🗨 澤井 而歷史老師的歷史知識，是無法從老師這個主體分割的東西。請問哪個介系詞是用來表達不可分割的連結呢？

🗨 關谷 of。

🗨 澤井 沒錯。所以這題用的是of。

✓CHECK

of

概念

不可分割的連結

Yoo-hoo

🗨 關谷 話說回來，可以表示「的」的介系詞還真多呢。

🗨 澤井 嗯。真的特別多。不過表達「在」的英文也很多種喔。讓我們把第 2 部分到第 4 部分的內容統整一下吧。

✓CHECK

✓ 即使在中文都用同一個字，但翻成英文卻不見得如此。必須好好思考整句話的意思後慎選詞彙。

🗨 關谷 是。我會好好注意的！

5

(1) 答案 She put a blanket (**over**) her baby.

(2) 答案 He lives in an apartment (**above**) a convenience store.

🗨 澤井 這裡(1)和(2)我們一起解說。over跟above都是代表「上面」的介系詞，但意義有點不同。over比較有「（以弧形）越過～、蓋過～」的意象。

✓CHECK

over

概念
（畫弧的感覺）
越過～之上

🗨 關谷 而毛毯是蓋在人身上的，所以(1)用的是over對吧？

🗨 澤井 沒錯。另一方面，above則沒有其他意思。單純指在某一點的上方。

🗨 關谷 所以不需要蓋住嗎？

🗨 澤井 沒錯。所以，只要某個東西的高度在某點之上，就算兩者的位置從旁邊看不

在正上方，也可用above。

🗨️ 澤井 那麼，我們想想看「在超商樓上的公寓」這句話吧。他的公寓房間有罩住超商嗎？譬如一樓全部是超商，而二樓則分成201到203號房，而他住其中一間。請用這個狀況想想看。

🗨️ 關谷 沒有覆蓋的感覺呢。

🗨️ 澤井 對吧。所以(2)單純是指「住在比超商更高的地方」，用的是above。

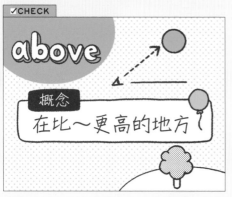

（左側邊欄）文法②・介系詞 表達4個以上的人事物

（3）[答案] The cats live (**under**) a bridge.

（4）[答案] From the airplane we saw the sea (**below**) us.

🗨️ 澤井 under跟below也一起來看好了。這題跟over和above的關係恰好相反。under不是「覆蓋」而是「被覆蓋」。那麼below呢？

🗨️ 關谷 above是單純在某點之上，所以below應該單純指在某點之下對吧？

🗨️ 澤井 正是如此。那麼，住在橋下的貓，是被橋覆蓋的狀態嗎？

🗨️ 關谷 是。因為是在被橋蓋住的地方，所以才能遮風避雨。

🗨️ 澤井 那麼，從飛機的窗戶往下看海時，海是被飛機覆蓋的嗎？

🗨️ 關谷 沒有被覆蓋。

🗨️ 澤井 對吧。所以海只是單純「在比飛機更低的地點」。因此要用below。那麼我們再重新看看(4)。

From the airplane we saw the sea below us.

請注意開頭的from the airplane的部分。關谷小姐，妳覺得這一段是在修飾什麼？

🗨️ 關谷 因為是「從飛機上」的意思，所以是修飾saw（看到）。

☺ 澤井 對吧。「介系詞＋名詞」修飾動詞的時候，有時會像這樣放在「被修飾詞的前面」喔。讓我們畫成概念圖來看。

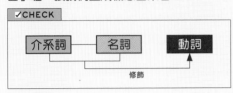

✓CHECK

介系詞 — 名詞 — 動詞

修飾

☺ 澤井 那最後再舉一個below的例句。

The temperature is below zero.
（氣溫低於零度。）

☺ 澤井 當我們說溫度計的指針在刻度0的「上面」或「下面」時，請問有「覆蓋或被覆蓋」的感覺嗎？

☻ 關谷 沒有。單純是指在上面或下面的意思而已。

☺ 澤井 對吧。所以這種時候也要用above和below。

6

(1) 答案 **她用英文寫了那本小說。**

☺ 澤井 第6部分要教大家的，是介系詞絕對不是只能用於意義簡單的句型中。首先是in，我們在第2部分看到的He put a ball in a box. 這個文法中，in表示的是在「箱子」這個物體中。

☻ 關谷 是很好理解的句子呢。

☺ 澤井 對吧。可是這一題，She wrote the novel in English. 這一句中，in就不是「在某物之中」的意思。

☻ 關谷 對。

☺ 澤井 真要說的話，可以解釋成「在英文的世界中」、「在英文這個語言的框架中」的意思。但跟那些容易理解的用法感覺卻不太一樣對吧？

☻ 關谷 嗯。但是這題我有答對。

(2) 答案 **喬治死於癌症。**

☻ 關谷 這一句我看不太懂。「癌症的死」翻起來也很奇怪……。

☺ 澤井 of的意思是「不可分割的連結」，對吧？

☻ 關谷 對。

☺ 澤井 所以這一題可以理解成「喬治跟癌症已是無法分離的關係，所以才會死掉」的意思。

☻ 關谷 這樣我就明白為什麼是翻成「死於癌症」了。

(3) 答案 **我認識一對有六個小孩的夫妻。**

☺ 澤井 看I know a couple with six children.這句話，你覺得with six children這段是在修飾哪部分？

☻ 關谷 一開始我以為是在修飾動詞know。

☺ 澤井 對吧。譬如I sang a song with six children.這句話，with six children修飾的就是動詞sang。意思是「我跟六個小孩一起唱歌」。

☻ 關谷 嗯。這一句很好理解。

☺ 澤井 可是(3)的句子卻沒那麼簡單。這裡with six children修飾的也可能是名詞的couple。所以請務必記住下面的重點。

✓CHECK

✓ 當發現用「介系詞＋名詞」修飾動詞，意思會很奇怪時，代表此時它修飾的可能是名詞。相反地，如果覺得修飾名詞時意思很不自然的話，就要懷疑它可能是在修飾動詞。

☺ 澤井 那麼如果with six children修飾的是名詞couple，翻譯成中文又會變怎樣呢？with～修飾動詞時的意思是「跟～一起」，但用在修飾名詞時的意思就是「附帶～」。

☻ 關谷 所以是「我認識一對附帶六個小孩

的夫妻」。

🗨️ 譚井 對。換言之，這對夫妻……。

🐱 關谷 有六個小孩！

🗨️ 譚井 沒錯。所以要翻成「我認識一對有六個小孩的夫妻」。

(4) 答案 **我們隨那首歌起舞。**

🗨️ 譚井 這題也很難對吧？

🐱 關谷 對啊。翻成「跳到歌去」很奇怪。

🗨️ 譚井 這句的意思，可理解成跳舞的人將注意力放到歌曲上，跟隨節奏起舞。

🐱 關谷 聽你這樣解釋我就明白為什麼是翻成「隨那首歌起舞」了。

(5) 答案 **經過那次經驗我學到了和平的寶貴。**

🐱 關谷 這題我答對了。

🗨️ 譚井 through the experience的部分是重點。用through一詞的造句，我們在第Ⅰ部分也看過兩句了。

John escaped through this door.
The view through the telescope was fantastic.

through的概念是「穿過空間」。

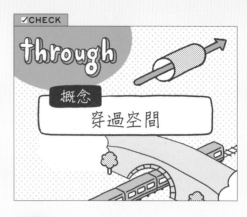

✓CHECK

through

概念

穿過空間

🐱 關谷 好的。

🗨️ 譚井 在這兩句話中，都是真的穿過了某個物體。不過，當我們要表達更比喻性的意思，譬如「通過某情境」時，也會用through。

🐱 關谷 原來如此。

🗨️ 譚井 對了，關谷小姐，妳覺得在(5)的句子，也就是Through the experience I learned the importance of peace.這句話中，一共有多少個人或物登場呢？

🐱 關谷 呃呃，第一個是experience，然後是I，還有importance以及peace。一共有4個。

🗨️ 譚井 沒錯。只要運用介系詞，就可以像這樣建構出包含4個以上人或物的文句。

🐱 關谷 5個或6個也行嗎？

🗨️ 譚井 嗯。因為一個句子裡要用多少個介系詞都沒有限制。藉由大量使用介系詞，我們就可以造出包含大量登場人事物的句子。那麼今天就到此結束吧。大家今天也很努力喔！

DAY 4

修飾語、助動詞

豐富的表達方式

今天來學習如何豐富語句的表現吧！

是！！

具體來說，就是學習這3者。

形容詞　動詞　助動詞

修飾語

只要精通這3種詞，便能詳細地描述物體和情境，

讓自己的感覺更容易傳達給他人。

首先來看看**形容詞**。

That cute girl is Lisa.
（那個可愛的女孩是麗莎。）

I bought a black car.
（我買了一輛黑色的車。）

在上面的例句中，cute和black都是形容詞。

功能是更詳細地說明接在它們後面的名詞，也就是修飾。

像這樣把形容詞當成修飾語，

使文句更豐富

那個女孩是麗莎
那個**可愛的**女孩是麗莎

我買了一輛車
我買了一輛**黑色的**車

變得更豐富了～

就能更豐富地表達內容。

使用方法是像這樣，要記住喔。

形容詞修飾的對象
名詞

形容詞　名詞

修飾

從前面

形容詞修飾名詞

GOAL

修飾語、助動詞

豐富的表達方式

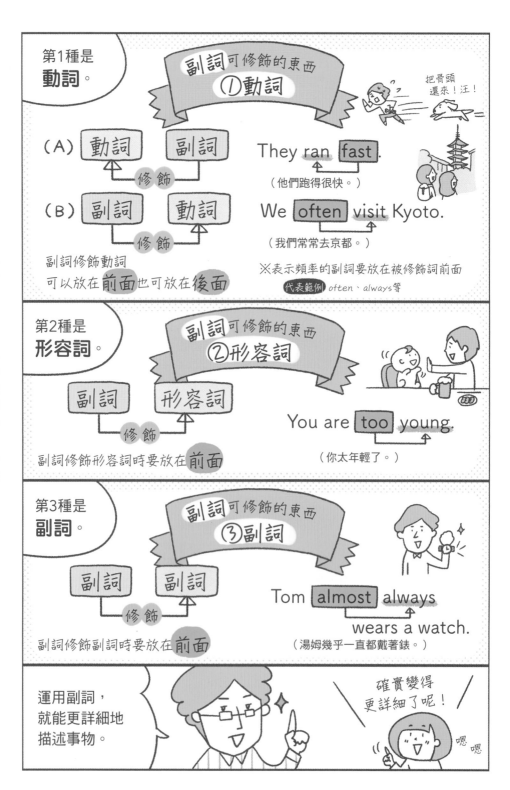

第1種是**動詞**。

副詞可修飾的東西 ①動詞

把骨頭還來！汪！

（A）動詞 ← 修飾 — 副詞

They ran fast.

（他們跑得很快。）

（B）副詞 — 修飾 → 動詞

We often visit Kyoto.

（我們常常去京都。）

副詞修飾動詞可以放在前面也可放在後面

※表示頻率的副詞要放在被修飾詞前面

代表範例 often、always等

第2種是**形容詞**。

副詞可修飾的東西 ②形容詞

副詞 — 修飾 → 形容詞

You are too young.

（你太年輕了。）

副詞修飾形容詞時要放在前面

第3種是**副詞**。

副詞可修飾的東西 ③副詞

副詞 — 修飾 → 副詞

Tom almost always wears a watch.

（湯姆幾乎一直都戴著錶。）

副詞修飾副詞時要放在前面

運用副詞，就能更詳細地描述事物。

確實變得更詳細了呢！

嗯嗯

STEP.I

重點整理

只要精通了形容詞、副詞等修飾語和助動詞，就能更詳細地描述人事物，或是把自己的主觀感受加入語句中。所以請記住這些詞類的用法，豐富自己的表現吧！

修飾語、助動詞 — 豐富的表達方式

更豐富地描述事物和情境。

I 形容詞修飾名詞時要放在前。

▼ 用例句理解！

❶ Her | long | hair is beautiful. （她的長髮很美。）
　　　　形 長　名 頭髮

❷ This is an | expensive | watch. （這是只昂貴的手錶。）
　　　　　　　 形 昂貴的　　　名 手錶

小提醒‼

> long和expensive是形容詞，可以用來更詳細地說明接在後面的名詞。諸如此類更詳細解釋其他詞彙的方法，就叫做「修飾」。

2 副詞修飾動詞時可放在前或後。

▼ 用例句理解！

❶ The man | slowly | pushed the button. （那位男性慢慢地按下按鈕。）
　　　　　　 副 慢慢地　動 推、按

❷ Tom sang | beautifully |. （湯姆唱得很優美。）
　　　　動 唱　　副 優美地

小提醒‼

> 在❶的例句中，slowly從前面修飾動詞pushed，但在例句❷中，beautifully卻是從後面修飾動詞sang。

3 表示「頻率」的副詞修飾動詞時要放在前面。不過,當動詞是be動詞時,要放在後面修飾。

▼ 用例句理解!

❶My father sometimes uses my bicycle.

副 有時候　動 使用

(爸爸有時候會用我的腳踏車。)

❷This shop is sometimes closed.

動 是　副 有時候

(這間店有時候是關的。)

小提醒!!

注意表示「頻率」的副詞sometimes在例句❶中放在動詞前,但在例句❷中放在be動詞後面。當動詞是be動詞時,要放在後面修飾喔。

4 副詞修飾形容詞時要放在前。

▼ 用例句理解!

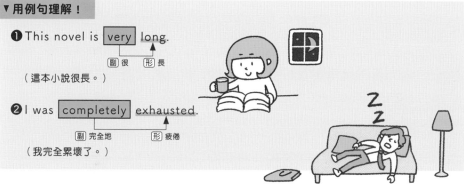

❶This novel is very long.

副 很　形 長

(這本小說很長。)

❷I was completely exhausted.

副 完全地　形 疲倦

(我完全累壞了。)

小提醒!!

very跟completely都是副詞。而被修飾的是形容詞long和exhausted。一如例句可見,副詞要放在形容詞前面,從前面修飾形容詞喔。

STEP.I

修飾語、助動詞

豐富的表達方式

5 副詞修飾形容詞時要放在前面。

▼用例句理解！

❶Tom sang very beautifully.
動 唱　副 非常　副 優美
（湯姆唱得非常優美。）

❷My mother walked too slowly.
動 走　　副 太　副 緩慢
（我的媽媽走得太慢了。）

小提醒!!
beautifully跟slowly是用來修飾sang和walked的副詞。而very和too又修飾beautifully和slowly。在文法的世界，副詞也可以用來修飾副詞喔。

在表達中加入感受。

6 助動詞要放在動詞之前，並且動詞要改回原形。

▼用例句理解！

❶My daughter can speak Spanish.
助 可以　原形
（我的女兒會說西班牙語。）

❷He may live in this town.
助 可能　原形
（他可能住在這座鎮上。）

小提醒!!
can和may是助動詞。注意接在後面的動詞不是speaks和lives。兩者都是以原形出現。所謂的原形，就是字典列出的「辭條」。

GOAL

7 助動詞可用來表現感受（說話者的主觀想法）。

▼代表性的助動詞	▼主要意義
can	可以～（可能），有可能～（可能性）
will	打算～（意志、預定），大概～（推測）
may	或許～（推測）
must	必須～（義務），肯定～（推測）
should	應該～（義務）

小提醒 !!

以上5個就是助動詞的代表選手。助動詞就是輔助動詞，為其增添意義的詞語。助動詞的主要功能，就是在表達中加入感受（說話者的主觀想法）。

8 使用過去式的助動詞，可以更委婉地表達感受。

▼用例句理解！

❶ This would be Meg's bag.
　　　　will的過去式
（這大概是梅格的包包吧。）

❷ He might win this race.
　　　may的過去式
（他或許能跑贏這場賽跑。）

❸ This could be somebody's pet.
　　　can的過去式
（這可能是某人的寵物。）

小提醒 !!

例句❶的would是will的過去式，例句❷的might是may的過去式，例句❸的could是can的過去式。使用過去式，可以更委婉地表達「大概～、可能～」等推測性的意思。

① ② ③ ④ ⑤ ⑥ ⑦

練習題

1 請依照※的指示改寫下列英文句子。

(1) Tom caught a butterfly.（湯姆抓到了一隻蝴蝶。）
　　※請把此句改寫為「湯姆抓到了一隻小蝴蝶」。

_____

(2) My father gave me a watch.（爸爸給了我一只手錶。）
　　※請把此句改寫為「爸爸給了我一只藍色的手錶」。

_____

(3) This park is a treasure for us.（這座公園是我們的寶物。）
　　※請把此句改寫為「這座美麗的公園是我們的寶物」。

_____

2 請從候選字中選出正確的單字填入空格，完成題目的句子。

(1) 別說得那麼快。

　　Don't speak so [　　　　　　].

(2) 那隻猴子突然丟了一顆石頭。

　　The monkey [　　　　　　] threw a stone.

(3) 那位女性優雅地吃了蛋糕。

　　The lady ate cake [　　　　　　].

(4) 那位男性強力支持傑克的點子。

The man [＿＿＿＿＿＿＿] supported Jack's idea.

(5) 我的祖父母曾經住在這裡。

My grandparents lived [＿＿＿＿＿＿＿].

(6) 我曾在大阪見過一次槌之子。（註：日本的一種類似蛇的傳說生物）

I [＿＿＿＿＿＿＿] saw a tsuchinoko in Osaka.

〔候選字〕 once here suddenly elegantly fast strongly

3 請將下列句子翻譯成英文。翻譯時，請使用（ ）內的副詞。

(1) 我的父親通常會戴著帽子。（usually）

_____

(2) 我的父親平時很忙碌。（usually）

_____

(3) 我的祖母很少喝啤酒。（rarely）

_____

(4) 我的祖母很少悲觀。（rarely）

_____

①
②
③
④
⑤
⑥
⑦

4 請依照※的指示改寫下列英文句子。改寫時，請從候選字中選出適當的單字使用。

(1) This watch is expensive.（這只手錶很貴。）
　　※請把此句改寫為「這只手錶<u>實在太貴</u>了」。

_____

(2) Meg was an honest person.（梅格是個誠實的人。）
　　※請把此句改寫為「梅格<u>真是</u>個誠實的人」。

_____

(3) Lisa swam slowly.（麗莎游得慢。）
　　※請把此句改寫為「麗莎游得<u>相當</u>慢」。

_____

(4) We worked hard.（我們拚命工作。）
　　※請把此句改寫為「我們<u>非常</u>拚命工作」。

_____

〔候選字〕　very　fairly　really　too

5 請將下列句子翻成英文。翻譯時，請使用助動詞。

(1) 我們打算明天去聽音樂會。

_____

(2) 這個機器人會跳舞。

_____

修飾語、助動詞
豐富的表達方式

GOAL

(3) 你應該離開這座城市。

_____

(4) 我們必須精通中文。

_____

(5) 他的父親肯定很英俊。

_____

(6) 她可能有四個小孩。

_____

(7) 這句話有可能是真的。
　　※助動詞為過去式。

_____

(1)
(2)
(3)
(4)
(5)
(6)
(7)

6 | **請改寫下列英文句子的助動詞時態，換成更委婉的表達方式。**

(1) That person will be his father.（那個人可能是他父親。）

_____

(2) Tom can solve this problem.（湯姆會解這個問題。）

_____

(3) The president may be sick.（社長或許是生病了。）

_____

解答

修飾語、助動詞

豐富的表達方式

1
(1) Tom caught a (**small**) butterfly.　(2) My father gave me a (**blue**) watch.　(3) This (**beautiful**) park is a treasure for us.

2
(1) Don't speak so (**fast**).　(2) The monkey (**suddenly**) threw a stone.　(3) The lady ate cake (**elegantly**).　(4) The man (**strongly**) supported Jack's idea.　(5) My grandparents lived (**here**).　(6) I (**once**) saw a tsuchinoko in Osaka.

3
(1) My father usually wears a hat.　(2) My father is usually busy.　(3) My grandmother rarely drank beer.　(4) My grandmother was rarely negative.

4
(1) This watch is (**too**) expensive.　(2) Meg was a (**really**) honest person.　(3) Lisa swam (**fairly**) slowly.　(4) We worked (**very**) hard.

5
(1) We will go to a concert tomorrow.　(2) This robot can dance.　(3) You should leave this town.　(4) We must master Chinese.　(5) His father must be handsome.　(6) She may have four children.　(7) This story could be true.

6
(1) That person (**would**) be his father.　(2) Tom (**could**) solve this problem.　(3) The president (**might**) be sick.

GOAL

1

(1) 答案 Tom caught a (**small**) butterfly.

🗨 澤井 這題考的是妳知不知道small應該放在名詞butterfly前面。

🗨 關谷 這題我答對了。

🗨 澤井 形容詞要放在a跟名詞的中間。要小心別放在a前面了。

🗨 關谷 好的。對了,這裡的small可以換成little嗎?

🗨 澤井 可以啊。不論是a small butterfly還是a little butterfly,意思都一樣。

(2) 答案 My father gave me a (**blue**) watch.

🗨 關谷 這題也是考修飾語的形容詞應該放在哪裡對吧?

🗨 澤井 沒錯。這題妳答對了嗎?

🗨 關谷 這題也沒問題。

(3) 答案 This (**beautiful**) park is a treasure for us.

🗨 關谷 這題我也答對了,但有一個地方不太明白。this beautiful park不能寫成beautiful this park嗎?因為中文裡說「這座美麗的公園」和「美麗的這座公園」好像都通耶。

🗨 澤井 的確,中文用這兩種說法大概都聽得懂。所以請記住下面的規則。

✓CHECK

✓ 要在「a、the、this、that、my、our、his、her、their、its+名詞」的句型中加入形容詞時,形容詞應放在兩者中間。

🗨 關谷 我想看看所有用法的具體例子。

🗨 澤井 OK!

✓CHECK

✓ a tall building (一棟高樓)
✓ an easy problem (一個簡單的問題)
✓ the cute cat (那隻可愛的貓咪)
✓ this wide space (這個寬闊的空間)
✓ that black car (那輛黑色的車)
✓ my favorite song (我喜歡的歌)
✓ our old house (我們的老房子)
✓ his beautiful voice (他美麗的嗓音)
✓ her long hair (她的長髮)
✓ their excellent performance
  (他們優秀的表演)
✓ its snowy top
  (被雪覆蓋的山頂)

2

(1) 答案 Don't speak so (**fast**).

🗨 澤井 「快」形容的是動詞「說」。而修飾動詞時要用副詞。所答案是「快」的副詞fast。

🗨 關谷 fast我知道是「快」的形容詞。譬如「fast food」,可以用來修飾名詞。原來它也是副詞嗎?

🗨 澤井 問得很好。不過這點我們等等留到(4)再解說吧。

🗨 關谷 好的。

(2) 答案 The monkey (**suddenly**) threw a stone.

🗨 澤井 「突然」是修飾動詞「丟」的副詞。請問「突然」的英文是?

🗨 關谷 suddenly。

(3) 答案 The lady ate cake (**elegantly**).

🗨 澤井 句中的「優雅地」是用來修飾動詞「吃」。請選出「優雅地」的單字。

🗨 關谷 elegantly。

1
2
3
4
5
6
7

STEP.3

修飾語、助動詞

豐富的表達方式

澤井 關谷小姐，妳本來就知道優雅這個單字嗎？

關谷 不知道，但我知道日文的「優雅」叫「エレガント（ereganto）」，所以就猜了這個字。但原本並不知道elegantly。

(4) 答案 The man（**strongly**）supported Jack's idea.

澤井 「強力地」修飾的是動詞「支持」。而有「強力」之意的副詞是strongly。關谷小姐，雖然妳之前可能不知道副詞的strongly，但應該認識形容詞的strong吧？

關谷 是。而形容詞後加上-ly就是副詞不是嗎？

澤井 的確大多數的場合都是這樣沒錯。但也有不少像fast這種，一個字可同時當形容詞跟副詞用的情況喔。

關谷 fast的確既是形容詞也是副詞呢！

澤井 沒錯，這就是剛才妳提的問題的答案。這個知識對於記憶形容詞和副詞很有幫助，所以我們整理一下。

✓CHECK

✓ 很多形容詞只要加-ly就會變成副詞。

✓ 但也有很多可同時「形容詞兼副詞」的詞。

關谷 我也想看看fast以外的「形容詞兼副詞」的例子。

澤井 OK。那我用例句來表示。

✓CHECK

✓ I caught an early train.
（我搭上了早班車。）

※early是修飾名詞train的形容詞。

✓ I arrived at the town early.
（我提早抵達了那座小鎮。）

※early是修飾動詞arrived的副詞。

✓The wall is high.（那面牆很高。）

※high是接在be動詞之後的形容詞。

✓They jumped high.
（他們跳得很高。）

※high是修飾動詞的副詞。

關谷 我以為early只能當副詞用。然後，還以為high只能當形容詞。

澤井 真要說的話，其實像high這種「不只是形容詞，其實也可以當副詞」的情況還比較多呢。其他像是late、straight等也是如此。那麼關谷小姐，請查查字典上的late和straight。注意它們的詞類符號。

關谷 late和straight都同時有形和副的符號耶！

澤井 對吧？late除了可當形容詞的「晚」外，也有副詞「慢」的意思喔。而straight也同樣除了形容詞「筆直」外，兼有副詞「直接」的意思。

關谷 話說回來，我都不知道原來可以直接用字典來查一個字的詞性。以後我會多利用字典的。

(5) 答案 My grandparents lived（**here**）.

澤井 表示「這裡」的副詞是here。也會翻譯成「在這裡」。

關谷 如果在live的後面接in，寫成My grandparents lived in here.不行嗎？

澤井 here以及there，或是home、abroad等本身就包含「在～」意思，所以只要用動詞就能修飾，不需要再另外加介系詞。

關谷 原來如此。所以在講「回家」時會用go home而不是go to home。

澤井 沒錯。所以「出國」要寫成go abroad，而不是go to abroad，不用再加to。

(6) 答案 I (**once**) saw a tsuchinoko in Osaka.

🐵 譚井 趁此機會徹底了解代表「1次」和「曾經」的once的用法吧。

🐵 關谷 是！

🐵 譚井 反正機會難得，我就順便連「2次」、「3次」、「4次」的英文也一併介紹了。

✓CHECK
- ✓ 1次 ： once
- ✓ 2次 ： twice
- ✓ 3次 ： three times
- ✓ 4次 ： four times

🐵 關谷 形容3次以上都是用「～times」的形式呢。

🐵 譚井 沒錯。這是經常用到的說法，一起背下來吧！

3

(1) 答案 **My father usually wears a hat.**
(2) 答案 **My father is usually busy.**

🐵 譚井 第 3 部分我們一次解說兩題。首先是(1)和(2)，這兩句話雖然都用到了副詞usually，但是副詞和動詞的位置卻不一樣呢。

🐵 關谷 嗯。(1)的usually在動詞前面，(2)卻在動詞後面。

🐵 譚井 沒錯。usually是「平時」、「通常」的意思，是用來表示頻率的副詞。所謂的頻率，就是事物重複出現的程度。表示頻率的副詞，要放在「一般動詞之前，be動詞之後」。

🐵 關谷 對了，這題我忘記「戴」的英文是wear。因為我總覺得wear是「穿」的意思。

🐵 譚井 不只是「戴」帽子，像「戴眼鏡」、「打領帶」、「戴手錶」、「穿鞋子」的動詞也都是用wear喔。

🐵 關谷 所以只要是把東西穿戴在身上都是用wear嗎？

🐵 譚井 正是如此。所以wear的中文不要用「穿」來記，用「著裝」會更好。

🐵 關谷 原來如此，那樣記的話確實比較好用呢！

(3) 答案 **My grandmother rarely drank beer.**
(4) 答案 **My grandmother was rarely negative.**

🐵 譚井 rarely也是表達頻率的副詞，妳知道嗎？

🐵 關谷 不知道。

🐵 譚井 不過，在卡牌遊戲裡面，卡片稀有度不是常常用「R」或「SR」來標示嗎？

🐵 關谷 對。啊，原來如此。「R」就是rare，然後加-ly就是rarely對吧？

🐵 譚井 沒錯。所以rarely就是「極少」的副詞。也屬於表示頻率的副詞。

🐵 關谷 所以也跟usually一樣，應該加在一般動詞之前，be動詞之後。

🐵 譚井 正是如此！話說回來，關谷小姐，妳還想得到其他表示頻率的副詞嗎？

🐵 關谷 嗯～，像是often跟always？

🐵 譚井 很好。那下面我們再多舉幾個代表性的例子。

修飾語、助動詞

豐富的表達方式

4

(1) 答案 This watch is (**too**) expensive.

🙂 澤井 第4部分考的是如何修飾形容詞和副詞。請問修飾語應該加在什麼位置呢？

😺 關谷 加在形容詞或副詞之前。

🙂 澤井 沒錯。too expensive這組詞，代表「太～」的副詞too，修飾的是後面的形容詞。

😺 關谷 是。這題我答對了。

(2) 答案 Meg was a (**really**) honest person.

🙂 澤井 這題同樣也是副詞修飾形容詞的例子，但形容詞的功用跟上一題不一樣。請問妳知道有何不同嗎？

😺 關谷 嗯～～有什麼不同啊……。

🙂 澤井 在上一題中，形容詞是一句話的結尾。但這題中的副詞修飾的形容詞，本身又修飾person這個名詞。

😺 關谷 真的耶！連續兩個修飾語呢。

🙂 澤井 沒錯。下面我們再舉幾個和這題相同的句型。

(3) 答案 Lisa swam (**fairly**) slowly.

😺 關谷 這題我沒想出fairly這個字。

🙂 澤井 fair就是「公平」的意思。

😺 關谷 那fairly不應該是「公平地」的意思嗎？

🙂 澤井 的確也有那個意思。但這個字同時也有「非常」的意思。這個很重要喔。那麼關谷小姐，妳覺得這句話中的fairly修飾的是哪個字？

😺 關谷 slowly。

🙂 澤井 對。是修飾副詞的slowly。而在英文文法中，修飾副詞的詞也叫副詞。所以fairly也是副詞。

(4) 答案 We worked (**very**) hard.

😺 關谷 這題我答對了。

🙂 澤井 very修飾的是哪個詞呢？

😺 關谷 是在修飾副詞的hard。然後very也是副詞。

🙂 澤井 就是這樣！

GOAL

5

(1) 答案 **We will go to a concert tomorrow.**

🗨 譚井 第5部分的主題是助動詞。助動詞放在動詞前面，可輔助動詞，替動詞增加更多意義。

🗨 關谷 增加意義這點跟修飾語很像呢。

🗨 譚井 沒錯。所以今天我們才把修飾語跟助動詞放在一起講解。那麼首先是will。

🗨 關谷 這題我答對了。

🗨 譚井 有 意志 、 預定 含意的will，是常常使用的字呢。

🗨 關谷 對。常常看到或聽到。

(2) 答案 **This robot can dance.**

🗨 譚井 然後是表示 可能 的can。

🗨 關谷 這題也沒問題。

(3) 答案 **You should leave this town.**

(4) 答案 **We must master Chinese.**

🗨 譚井 這兩題我們一起講，因為這兩個字屬於同一類含意。

🗨 關谷 同一類含意？

🗨 譚井 對。因為「應該」和「必須」，都可以說是一種 義務 。

🗨 關谷 的確是這樣呢。所以答案一個是should，一個是must！

(5) 答案 **His father must be handsome.**

(6) 答案 **She may have four children.**

🗨 譚井 這兩題也是屬於同一類含意。「肯定」跟「大概」，妳覺得可以用哪一個詞歸納它們？

🗨 關谷 是 預想 、 推測 嗎？

🗨 譚井 很好。這裡我們用 推測 來歸納吧。「肯定」屬於強力的推測，英文是must，

而「可能」是may。順帶一提，will也有 推測 的意思，不過這個我們留到第6部分再講解。

(7) 答案 **This story could be true.**

🗨 譚井 can是「可能」、「可以」的意思，但在 可能性 的意義外，同時也有 可能 的含意。

🗨 關谷 所以can可表達 可能 和 可能性 嗎？

🗨 譚井 沒錯。但這裡的題目有強調「助動詞為過去式」，所以要用could。

🗨 關谷 can和could的意思不一樣嗎？

🗨 譚井 關於這個問題，我們會在第6部分解答。

6

(1) 答案 That person (**would**) be his father.

🗨 譚井 不只是動詞，助動詞也有過去式。但助動詞的過去式，跟動詞的過去式意義不太一樣。

🗨 關谷 有什麼不同呢？

🗨 譚井 動詞的過去式用在什麼時候？

🗨 關谷 過去式當然是用來描述已經過去的人事物。

🗨 譚井 是的。那就是過去式的主要用法。但助動詞的過去式，卻常常用來表達語氣的委婉、含蓄。

🗨 關谷 所以把will變成would，聽起來就會比較「委婉、含蓄」是嗎？

🗨 譚井 正是如此。所以這句That person would be his father.，比起用will，更有委婉、含蓄的推測之意。

(2) 答案 Tom **could** solve this problem.

🗨 關谷 could是can的過去式。這個剛剛出現過了。

修飾語、助動詞

豐富的表達方式

澤井 沒錯。使用could，表達方式會比 Tom can solve this problem.更委婉。因為別人到底能不能解決問題，大多時候我們並不確定呢。

關谷 對。

澤井 如果用can solve，就會變成斷言「一定可以解決」，而用could的話就比較有「湯姆的話說不定知道怎麼解決」的含意，感覺較為委婉，可以避免講起來太武斷。

關谷 聽起來比較文雅呢。

澤井 原來如此，或許的確比較文雅呢。

(3) 答案 The president **might** be sick.

澤井 然後是may的過去式might.

關谷 一個人有沒有生病，也一樣不適合說得太武斷呢。

澤井 就是啊。尤其對於他人的身體狀況或家庭情況，語氣更需要小心謹慎。所以也是為了以後能夠應對這樣的場合，我們都應該要學會would、could、might的用法。

關谷 好的。

澤井 雖然這部分跟第7天才要教的「疑問句」有關，但這裡我們先來學一下下面的句子。

✓CHECK

❶ Can you help me?
❷ Could you help me?
❸ Will you help me?
❹ Would you help me?

關谷 這些全部都是「請問你可以幫我嗎？」的意思嗎？

澤井 沒錯。❶的can是 可能 的意思。主要是在詢問「請問你現在有能力幫助我嗎？」的意思，在現實中是求助他人時經常使用的說法。

關谷 然後❷就是❶語氣更委婉的版本對不對？

澤井 正是如此。❸的will是 意志 的意思。是在詢問「請問你現在有意願幫助我嗎？」這也是實際上求助他人時常常使用的說法。

關谷 然後這句也一樣，改成❹後語氣會變得更委婉對吧？

澤井 沒有錯。❸的語氣帶有一點 命令 的感覺，所以請務必盡量用❹的說法。尤其❷和❹的用法最好早點學會。

關谷 好。我現在馬上背下來。

澤井 「現在馬上」，說得好！那今天就到這裡結束吧！

DAY 5

被動式、進行式

be 動詞的 4 種功能

被動式、進行式

be動詞的4種功能

來，今天要來談談be動詞。

be動詞

好——

be動詞是活躍於各種情境的特殊動詞。

大活躍

be動詞

具體來說包含以下情境。

★ 等同　★ 存在
★ 進行式　★ 被動

有這4種情境啊。

讓我們一個個來看。

第1種是**等同**。

等同

舔舔　舔舔

「～是…」

例 Tama is cute.
（Tama很可愛。）

譬如要表達「～是…」

這種**等同**關係時使用。

第2種是**存在**。

存在

「～在…」

例 Tom is in London.
（湯姆在倫敦。）

譬如要表達「～在…」

這種某人事物**存在**的時候使用。

⑤ GOAL

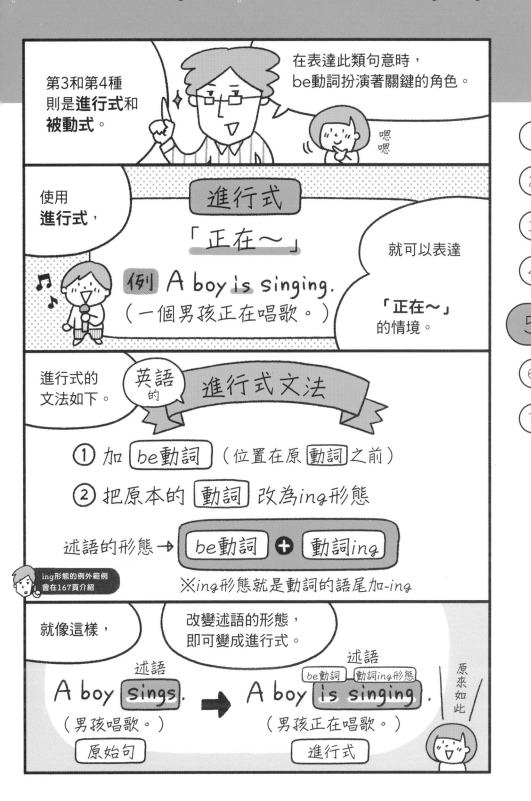

被動式、進行式

be動詞的4種功能

最後是**被動式**。

被動

「被～」、「受到～」

不愧是老師～

例 Bob is respected by his students.
（鮑伯受到學生們尊敬。）

使用**被動式**，就能表達

「被～」、「受到～」的意思。

只要按照下列規則改變述語形態即可造出被動式的句子。

述語

主詞 ─ be動詞 ➕ 一般動詞（過去分詞）

被動式也跟進行式一樣要改變述語的形態

順帶一提，關谷小姐，

妳還記得什麼是一般動詞嗎？

一般動詞指的是除了be動詞以外的所有動詞。

這個嘛——

我記得是be動詞以外的動詞對吧？

正確！

太好啦！

be動詞

walk

eat

一般動詞

動詞

believe

這些全部都是一般動詞。

重點整理

第5天我們解說了be動詞的作用。be動詞是一種用途很廣的動詞。讓我們透過今天的講義，一口氣掌握be動詞的用法吧！

被動式、進行式

be動詞的4種功能

be動詞有4種功能。

I 表達主詞與某「名詞」或某「狀態」的「等同關係」。

▼用例句理解！

❶ My mother <u>is</u> a singer. （我的媽媽是位歌手。）
　　Ⓐ　　 　Ⓑ

❷ He <u>was</u> busy. （他很忙。）
　 Ⓐ　　　 Ⓑ

※Ⓐ＝Ⓑ成立

 小提醒‼

如果是現在的事情，那麼 be動詞 用「現在式」，但如果是過去的事情則要用「過去式」。這個規則也同樣適用於接下來要解說的 2 、 3 、 4 。

2 表示某事物「存在」。

▼用例句理解！

❶ I talked with Joe on the phone yesterday. He <u>is</u> in Kobe now.
（我昨天跟喬通了電話。他現在在神戶。）

如果是從零開始談論某事物，則用下列的表現方式。

▼用例句理解！

❶ There <u>is</u> a big clock in my bedroom.
（我的寢室有一個大時鐘。）

❷ There <u>were</u> ten ants in the box.
（那個盒子裡有十隻螞蟻。）

 小提醒‼

順序是「There＋ be動詞 ＋存在的事物」喔。

3 表示某事物「正在進行」（ 進行式 ）。

▼ 用例句理解！

❶ Saki is dancing on the stage.
（紗希正在舞台上跳舞。）

❷ My mother was swimming with a cat.
（我的媽媽正在跟一隻貓游泳。）

小提醒 !!

進行式的主詞後接的是 be動詞 ，然後才是 動詞ing形 喔。

4 表示某事物「被〜」、「受到〜」的狀態（ 被動式 ）。

▼ 用例句理解！

❶ Bob is respected by his wife. （鮑伯受到妻子尊敬。）
❷ The car was destroyed by a bear. （那輛車被熊破壞了。）

小提醒 !!

主詞的後面接的是 be動詞 ，然後是動詞的 過去分詞 。

過去分詞的動詞後面若還有名詞或形容詞，則用下列的方式表現。

▼ 用例句理解！

❶ Meg was told the news by Tom.
（梅格被湯姆告知了那個消息。）
❷ The baby is called Ken by his parents.
（那個小嬰兒被父母叫做肯。）
❸ Jack is considered a genius by everybody.
（傑克被大家認為是天才。）
❹ The boy was left alone by them.
（那個男孩被其他人單獨留下。）

小提醒 !!

過去分詞的動詞後面的名詞和形容詞，翻譯成中文時只需照樣放在動詞的後面就行了。

STEP.2

練習題

被動式、進行式

be動詞的4種功能

1 請重新排列下方括號內的單字，完成題目的句子。

(1) 這盞燈很亮。
(very / bright / this / is / light).

(2) 那些講台上的女性是醫生。
(doctors / are / stage / the / ladies / the / on).

(3) 那座城市以前很危險。
(town / dangerous / the / too / was).

(4) 這些是我爸爸寄來的信。
(father / are / these / letters / from / my).

2 請將下列的中文句子依照後述的情境翻譯成英文。

(1) 我在這裡喔！　※被問到「你在哪裡？」

(2) 我媽媽現在在巴黎。　※被問到「令堂最近好嗎？」

(3) 你的包包在那棵樹下喔。　※被問到「我的包包在哪裡？」

GOAL

page.102

(4) 你的鞋子在那個盒子裡。　　※被問到「我的鞋子在哪裡？」

---

3 請重新排列下方括號內的單字，完成題目的句子。並且請將括號內的 be動詞改為適當的形態。

(1) 你的車上有隻貓。

(on / there / cat / be / car / a / your).

---

(2) 天花板上有3隻蒼蠅。

(ceiling / three / on / flies / three / the / be).

---

(3) 小時候，這座公園有個巨大的岩石。

In my childhood, (big / this / there / park / a / rock / be / in).

---

(4) 10年前，這座鎮上有5家電影院。

Ten years ago, (this / five / be / movie / town / in / there / theaters).

---

4 請在下方空格中填入適當的單字，完成題目的內容。

(1) 我現在正在看電視。

I ⬚ ⬚ TV now.

(2) 很多男孩以前都在聽她的歌。

Many boys ⬚ ⬚ to her song.

①
②
③
④
⑤
⑥
⑦

(3) 我的兒子們正在浴室洗鞋子。

My sons [　　　　　] [　　　　　] their shoes in the bathroom.

(4) 媽媽正在廚房煮燉菜。

My mother [　　　　　] [　　　　　] stew in the kitchen.

(5) 湯姆可能正在睡覺。

Tom [　　　　] [　　　　] [　　　　] now.

5 　請在下方空格中填入適當的單字，完成題目的內容。

(1) 這幅畫是畢卡索畫的。

This picture [　　　　] [　　　　] by Picasso.

(2) 他的包包平時都是由祕書攜帶。

His bag [　　　] [　　　] [　　　] by his secretary.

(3) 這個道具是知名科學家發明的。

This tool [　　　　] [　　　　] by a famous scientist.

(4) 我常常被媽媽罵。

I [　　　] [　　　] [　　　] by my mother.

6 　請將下列題目改為被動式。

(1) Tom repaired this watch.

---

(2) In the 19th century, America invaded Mexico.

_____

(3) Bob always supports me.

_____

(4) Tom sent Mary a ring.　　※請寫出以Mary作主詞的被動句。

_____

(5) Everybody considers him a hero.

_____

7 | **請將下列題目翻譯成中文。**

(1) I was handed a letter by a girl.

_____

(2) His room was always kept clean by his wife.

_____

(3) The cat was named Tama by the girl.

_____

(4) I was paid ten dollars by the man.

_____

STEP.3

解答

被動式、進行式

b e 動詞的4種功能

1 (1) This light is very bright. (2) The ladies on the stage are doctors. (3) The town was too dangerous. (4) These are letters from my father.

2 (1) I am here! (2) My mother is in Paris now. (3) Your bag is under that tree. (4) Your shoes are in that box.

3 (1) There is a cat on your car. (2) There are three flies on the ceiling. (3) In my childhood, there was a big rock in this park. (4) Ten years ago, there were five movie theaters in this town.

4 (1) I (am)(watching) TV now. (2) Many boys (were) (listening) to her song. (3) My sons (are) (washing) their shoes in the bathroom. (4) My mother (is)(making) stew in the kitchen. (5) Tom (may)(be)(sleeping) now.

5 (1) This picture (was)(painted) by Picasso. (2) His bag (is) (always)(carried) by his secretary. (3) This tool (was)(invented) by a famous scientist. (4) I (am) (often)(scolded) by my mother.

6 (1) This watch was repaired by Tom. (2) In the 19th century, Mexico was invaded by America. (3) I am always supported by Bob. (4) Mary was sent a ring by Tom. (5) He is considered a hero by everybody.

7 (1) 我從女孩那裡收到一封信。 (2) 他的房間總是被他的妻子打掃得很乾淨。 (3) 那隻貓被那個女孩取名為Tama。 (4) 我從那位男性手裡收到10美金。

GOAL

1

(1) 答案 **This light is very bright**.

譚井 這題只要知道light（光）和bright（亮）的不同，並記得把修飾語very放在bright前面就行了。

關谷 是。副詞的very是用來修飾後面的形容詞bright對吧？

譚井 沒錯。這是第4天上過的內容。

(2) 答案 **The ladies on the stage are doctors**.

譚井 ladies的後面要先放on the stage，然後才是be動詞。這個順序是重點。若on the stage的順序搞錯，意思也會從「講台上的女性」變成「講台上的醫生」。換句話說，這裡要修飾的是前面的名詞。

關谷 是。這題雖然煩惱了一下，但經過第3天的訓練後，我總算是答對了。

譚井 妳有記得把be改成are嗎？

關谷 我最開始是寫is，但後來想到ladies是複數形，所以應該用are。

(3) 答案 **The town was too dangerous**.

譚井 這題的句型跟(1)一樣。

關谷 真的耶。

譚井 因為是在描述過去的事，所以用was。還有副詞的too（太）修飾的是形容詞dangerous（危險），所以要用「too＋dangerous」的順序。這兩點需要留意。

(4) 答案 **These are letters from my father**.

譚井 這題也和(2)一樣，是包含名詞修飾語的「介系詞＋名詞」的句型。

關谷 也就是letters from my father的

部分對吧？不過要從「這些」聯想到these這個詞有點難呢。

譚井 很多人都會自然地想到this，但卻不太會用these。這裡稍微整理一下吧。

✓CHECK
- ✓ this：❶這　❷這個～
- ✓ these：❶這些　❷這些～

在這題中，要考的是知不知道these中❶的意思。

關谷 ❷的話倒是很簡單就能想到呢。像是these books（這些書）、these cars（這些車）。

譚井 沒錯。對於these這個詞，大部分的人都比較擅長❷的意義。但❶也要好好記住才行喔。

2

(1) 答案 **I am here!**
(2) 答案 **My mother is in Paris now.**
(3) 答案 **Your bag is under that tree.**
(4) 答案 **Your shoes are in that box.**

譚井 這幾題一併講解。由於4句都是在對話的中間，所以不需要再用there起頭。

關谷 是。這個我有想到。但只有第4題寫錯了。

譚井 妳是把shoes後的be動詞寫成is了對吧？

關谷 你怎麼知道？因為(3)的bag是is，所以我就自然地以為鞋子也是is，但shoes其實是複數形呢。

譚井 沒錯。另一個要注意的地方還有(1)的here。here的意思是「在這裡」而不是「這裡」。因為本身就已經有「在」的意義了，所以不需要加in或at等介系詞。

① ② ③ ④ **5** ⑥ ⑦

🐱 關谷 意思是不用寫成in here或at here是嗎？

🧑 澤井 正是如此。

被動式、進行式 be動詞的4種功能

3

(1) 答案 **There is a cat on your car**.

🧑 澤井 車子是可數名詞，所以不可以單獨使用。

🐱 關谷 加上your就不算單獨使用了對吧？

🧑 澤井 這是第1天教過的內容呢。除了a和the之外，my、your、his、this、that等也算是冠詞，加上後就不算單獨使用了。

(2) 答案 **There are three flies on the ceiling**.

🧑 澤井 「天花板上」的「上」也是on喔。因為蒼蠅是跟天花板相接的狀態。

🐱 關谷 即使不是在物體的上方也要用on，這點我還有點不太習慣。

🧑 澤井 只要多用幾次就會習慣了。

(3) 答案 In my childhood, **there was a big rock in this park**.

🧑 澤井 這裡was寫對了嗎？

🐱 關谷 因為是過去的事，所以不是is而是was。這題沒問題。

(4) 答案 Ten years ago, **there were five movie theaters in this town**.

🐱 關谷 這題there後面的be動詞我寫成了was。

🧑 澤井 theaters是複數形喔。所以應該用are或were。而這句話是講過去的事，所以應該用were。

🐱 關谷 是，下次我會注意不要弄錯。

4

(1) 答案 I (**am**)(**watching**) TV now.

🧑 澤井 即使是進行式的句子，也要注意be動詞有沒有用對喔。

🐱 關谷 這句的主詞是I，所以是用am。

(2) 答案 Many boys (**were**)(**listening**) to her song.

🧑 澤井 這句話是過去的事，加上主詞是複數形，所以be動詞應該用？

🐱 關谷 were！

(3) 答案 My sons (**are**)(**washing**) their shoes in the bathroom.

🧑 澤井 主詞是複數形，所以be動詞是are或were。而這句話是描述現在的事，故答案是are。

(4) 答案 My mother (**is**)(**making**) stew in the kitchen.

🧑 澤井 我想be動詞用is應該沒什麼問題。但make的進行式妳有寫對嗎？

🐱 關谷 我寫成了makeing。

🧑 澤井 make的進行式要去掉字尾e再加ing。此外還有像stop這種進行式是stopping，字尾重複一次再加ing的字，這個也要注意。

🐱 關谷 是。譬如cut的進行式就要寫成cutting。

(5) 答案 Tom (**may**)(**be**)(**sleeping**) now.

🧑 澤井 這題很難吧？

🐱 關谷 進行式外加助動詞，我沒想到這點，結果空格少填了一個。

🧑 澤井 要表現這句話中「可能」的意思，

就需要用may這個字。助動詞要放在be動詞前。然後be動詞要用原形be。不是is也不是was，而是用be，這點要特別注意。順便再多看幾個例句吧！

> ✓CHECK
>
> ✓ Jack would be sleeping now.
> （傑克大概正在睡覺。）
>
> ✓ My son must be staying at a hotel now.
> （我兒子肯定正待在飯店裡。）

🔊 關谷 助動詞would是「大概」，而must是「肯定」的意思嗎？

🔊 澤井 沒錯。助動詞的用法我們在第4天教過了。

5

(1) 答案 This picture (**was**)(**painted**) by Picasso.

🔊 澤井 解這題首先要知道be動詞的正確用法。

🔊 關谷 是。這句話說的是過去的事，而且主詞是單數，所以用was。然後paint的過去分詞是painted。

🔊 澤井 只要加-ed就是過去分詞的動詞很輕鬆呢。

(2) 答案 His bag (**is**)(**always**)(**carried**) by his secretary.

🔊 關谷 這題always到底要放哪裡我想了好久。因為以前從來沒遇過被動式的句子用到always的情況。

🔊 澤井 表達頻率的副詞，要放在be動詞後。這是第4天學過的規則。這點對被動式也是一樣的。所以這裡的always要放在is後。

🔊 關谷 道理我知道。可是實際上把副詞放在be動詞和過去分詞中間時，總覺得看起來很奇怪。這也是多練習幾次之後就會習慣嗎？

🔊 澤井 是的。就是這樣。話說回來，carry的過去分詞carried有拼對嗎？

🔊 關谷 沒有。我寫成carryed了。原來y要改成i啊。

🔊 澤井 其他像是try的過去分詞也是tried，study的過去分詞也是studied。這個過去式的變化規則也是要多練習，慢慢習慣喔！

(3) 答案 This tool (**was**)(**invented**) by a famous scientist.

🔊 澤井 主詞是單數，描述已發生的事。所以be動詞用was。

🔊 關谷 是。這邊沒問題。不過，invent這個單字我沒寫出來。

🔊 澤井 遇到有沒看過單字的句子時，請抱著「我要背下來！」的強烈決心，反覆多讀幾次正確答案，或是在紙上多寫幾次練習。總而言之，除了積極練習以外沒有別的捷徑。

🔊 關谷 果然是這樣呢。

(4) 答案 I (**am**)(**often**)(**scolded**) by my mother.

🔊 關谷 這題跟(2)一樣，要把表達頻率的副詞放在be動詞和過去分詞中間對不對！

🔊 澤井 沒錯。又遇到相同結構的句子，感覺很開心對吧？這種「啊，我看過這種句子！」的感覺，很容易在腦中留下印象。請試著把(2)跟(4)的句子連起來大聲多唸幾次。記憶會愈來愈深刻喔！

1
2
3
4
5
6
7

6

被動式、進行式

be動詞的4種功能

(1) 答案 This watch was repaired by Tom.

🗣 澤井 先來比較一下改成被動式後的差異吧。請看看下列句子。

✓CHECK
✓ Tom repaired this watch.
被This watch was repaired by Tom.

👦 關谷 是。放在一起來看，就能一眼看出是怎麼變化的呢。

🗣 澤井 不是用is而是was，這裡的寫法沒問題嗎？

👦 關谷 是。因為原句的動詞是repaired，所以我有注意到這是描述過去的事。

🗣 澤井 沒錯。如果原本的句子是過去的事時，被動式的be動詞就要用was或were，這點要注意喔。

(2) 答案 In the 19th century, Mexico was invaded by America.

🗣 澤井 這題也來比較看看差異在哪。

✓CHECK
✓ In the 19th century, America invaded Mexico.
被In the 19th century, Mexico was invaded by America.

🗣 澤井 是跟(1)一樣的句型呢。不過，要稍微留意invade的過去分詞。

👦 關谷 invade的字尾是e，所以只要再加d就好了。

🗣 澤井 正是如此。

(3) 答案 I am always supported by Bob.

🗣 澤井 先列出改成被動式的差異。

✓CHECK
✓ Bob always supports me.
被I am always supported by Bob.

🗣 澤井 這題也是be動詞跟過去分詞的動詞之間，要插入表示頻率的副詞的例子呢。寫對了嗎？

👦 關谷 是。雖然稍微花了點時間，但我漸漸習慣「be動詞＋表示頻率的副詞＋過去分詞」的順序了。

🗣 澤井 很好！

(4) 答案 Mary was sent a ring by Tom.

🗣 澤井 這題是不是有點難？

👦 關谷 好難喔。我沒答對。

🗣 澤井 這題很難是正常的。只要看看比較就明白了。

✓CHECK
✓ Tom sent Mary a ring.
被Mary was sent a ring by Tom.

🗣 澤井 原句的「主詞＋動詞＋名詞」後面，還有一個名詞對吧？

👦 關谷 是畫底線的a ring吧。因為多了一個名詞，所以混淆了。

🗣 澤井 因為要改的步驟變多了啊。這裡要保持冷靜，把「多出來的名詞」a ring放到過去分詞的後面。

👦 關谷 這樣看起來，突然又覺得好像沒什麼了呢。

🗣 澤井 沒錯。把這個順序記在腦中，多加練習，一定就能學會。

(5) 答案 He is considered a hero by everybody.

😊 澤井▶ 這題也很難吧。

😊 關谷▶ 跟(4)一樣沒有寫出來。請讓我看看比較。

😊 澤井▶ OK！

☑CHECK

> ✓ Everybody considers him <u>a hero</u>.
> 被 He is considered <u>a hero</u> by everybody.

😊 關谷▶ 原來a hero要放在considered的後面啊。

😊 澤井▶ 是的。

7

(1) 答案 **我從女孩那裡收到一封信。**

😊 澤井▶ 首先重新看看題目。

I was handed <u>a letter</u> by a girl.

😊 關谷▶ 問題的關鍵是a letter前面的那個詞要怎麼翻譯呢？

😊 澤井▶ 沒錯。因為中文不會說「被她交了一封信」，所以要改成更自然且符合原意的用詞。妳覺得要怎麼改呢？

😊 關谷▶ 應該用「從～收到」，改成「從女孩子那裡收到一封信」。

😊 澤井▶ 就是這樣。

(2) 答案 **他的房間總是被他的妻子打掃得很乾淨。**

😊 關谷▶ 這題我也沒寫出來。

😊 澤井▶ 這題也同樣先來看看題目吧。

His room was always kept <u>clean</u> by his wife.

😊 澤井▶ clean前面那個字，妳覺得應該怎麼翻譯呢？

😊 關谷▶ 唔～嗯。

😊 澤井▶ 猶豫的時候，只要把被動式改回原

本的狀態就行了。像這樣。

His wife always kept his room <u>clean</u>.

😊 澤井▶ 翻譯看看這句。

😊 關谷▶「他的妻子總是把他的房間打掃得很乾淨。」

😊 澤井▶ 這不是對了嗎！用「打掃」就可以了。遇到被動式時，只要照原本的意思去翻就行了。

😊 關谷▶ 原來如此！

😊 澤井▶ 沒錯。這是一個很有用的技巧，讓我們整理一下重點吧。

> ⚠ **難以理解被動句時有效的解讀技巧**
> --
> 若無法理解被動句的意思，請試著把句子改回非被動的狀態。

(3) 答案 **那隻貓被那個女孩取名為Tama。**

😊 澤井▶ 這題也先來看看題目。

The cat was named <u>Tama</u> by the girl.

😊 澤井▶ 這題有翻出來嗎？

😊 關谷▶ 我翻對了。動詞是name或call的時候，直接加上「被」，翻譯成「被取名為～、被稱為～」再前後倒裝就好了。

😊 澤井▶ 的確，這兩個動詞的被動句常常出現。所以很多人都已經習慣了。關谷小姐也是其中之一呢。

(4) 答案 **我從那位男性手裡收到10美金。**

😊 澤井▶ 這題也同樣先來看看題目。

I was paid <u>ten dollars</u> by the man.

😊 澤井▶ 這裡要翻譯成「從～收到」，有翻對嗎？

😊 關谷▶ 這裡沒問題。

😊 澤井▶ 那麼我們同樣把它還原成非被動的句型。還原後長這樣。

1
2
3
4
5
6
7

The man paid me ten dollars.

（那位男性付給我10美金。）

關谷 換成被動說法時「付」會變成「收」呢。

澤井 只要還原成原始的模樣就一目了然對吧！那今天就到此結束。

被動式、進行式

be動詞的4種功能

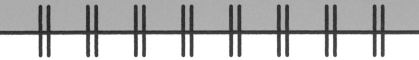

DAY 6

現在完成式

與現在連續的過去

過去　現在

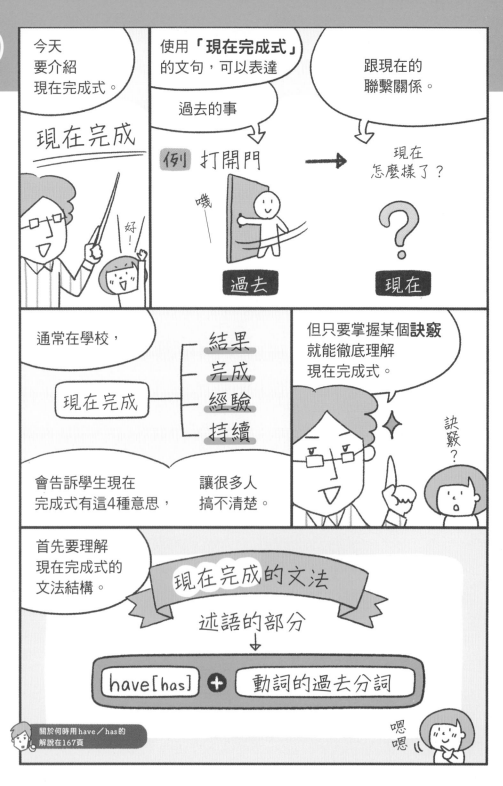

DAY
6

現在完成式

與現在連續的過去

今天要介紹現在完成式。

現在完成

好！

使用「**現在完成式**」的文句，可以表達

過去的事

跟現在的聯繫關係。

例 打開門

嘰

過去

現在怎麼樣了？

？

現在

通常在學校，

現在完成
├ 結果
├ 完成
├ 經驗
└ 持續

但只要掌握某個**訣竅**就能徹底理解現在完成式。

訣竅？

會告訴學生現在完成式有這4種意思，

讓很多人搞不清楚。

首先要理解現在完成式的文法結構。

現在完成的文法

述語的部分

have[has] ➕ 動詞的過去分詞

嗯嗯

關於何時用have／has的解說在167頁

GOAL

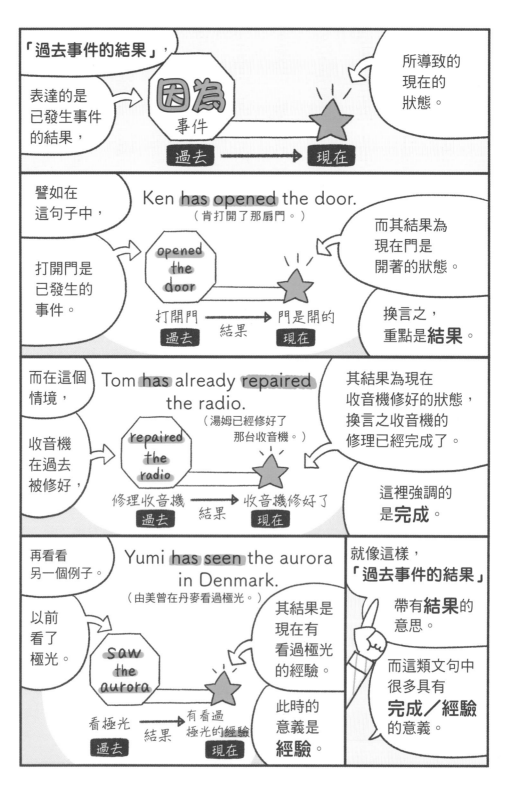

現在完成式

與現在連續的過去

「過去事件的結果」，

表達的是已發生事件的結果，

因為 事件

過去 ——→ 現在

所導致的現在的狀態。

譬如在這句子中，

Ken has opened the door.
（肯打開了那扇門。）

打開門是已發生的事件。

opened the door

打開門 ——結果——→ 門是開的
過去　　　　　　現在

而其結果為現在門是開著的狀態。

換言之，重點是**結果**。

而在這個情境，

Tom has already repaired the radio.
（湯姆已經修好了那台收音機。）

收音機在過去被修好，

repaired the radio

修理收音機 ——結果——→ 收音機修好了
過去　　　　　　　現在

其結果為現在收音機修好的狀態，換言之收音機的修理已經完成了。

這裡強調的是**完成**。

再看看另一個例子。

Yumi has seen the aurora in Denmark.
（由美曾在丹麥看過極光。）

以前看了極光。

saw the aurora

看極光 ——結果——→ 有看過極光的經驗
過去　　　　　　　現在

其結果是現在有看過極光的經驗。

此時的意義是**經驗**。

就像這樣，「**過去事件的結果**」帶有**結果**的意思。

而這類文句中很多具有**完成／經驗**的意義。

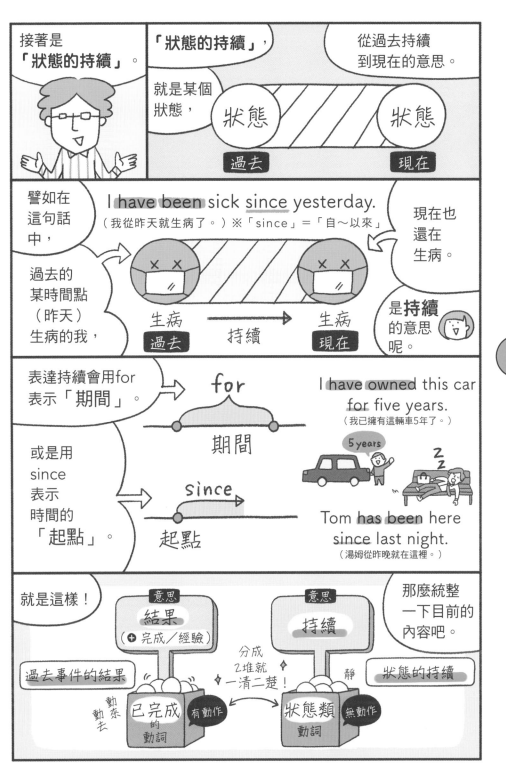

接著是「狀態的持續」。

「狀態的持續」，

從過去持續到現在的意思。

就是某個狀態，

狀態 過去

狀態 現在

① ② ③ ④ ⑤ ⑥ ⑦

譬如在這句話中，

I have been sick since yesterday.
（我從昨天就生病了。）※「since」＝「自～以來」

現在也還在生病。

過去的某時間點（昨天）生病的我，

生病 過去 ← 持續 → 生病 現在

是持續的意思呢。

表達持續會用for表示「期間」。

for

期間

I have owned this car for five years.
（我已擁有這輛車5年了。）

5 years

或是用since表示時間的「起點」。

since

起點

Tom has been here since last night.
（湯姆從昨晚就在這裡。）

就是這樣！

意思 結果（＋完成／經驗）

意思 持續

過去事件的結果

分成2堆就一清二楚！

靜

狀態的持續

動動動來去 已完成的動詞 有動作

狀態類動詞 無動作

重點整理

「現在完成式」是一種用來表達過去延續至今的狀態的表現。由於在中文裡沒有對應的文法，加上還可分成「結果」、「完成」、「經驗」、「持續」等不同意義，所以很多人都不擅長使用。

現在完成式

與現在連續的過去

首先記住基本句型。

I 現在完成式的述語部分要改成「have〔has〕＋動詞的過去分詞」。

▼用規則理解！

主詞＋ have〔has〕 ＋ 動詞的過去分詞 …．

述語的部分

have和has應該要如何分辨使用呢？

have跟has的區分標準，就跟當一般動詞現在式使用時，語尾需不需要加-s一樣。譬如主詞是he的時候就不是用have，而應用has。

小提醒!!

主詞是I、we、you，或是複數形的人事物時用have，其他時候則用has。

精通現在完成式的用法。

2 現在完成式可大致分為〔過去事件的結果〕和〔狀態的持續〕2類。

▼用例句理解！

過去事件的結果

left

例He has left.
（他離開了這裡。）

離開這裡 →（過去 結果）→ 不在這裡（現在）

「過去事件的結果」表達的是「已完成的過去事件，導致了現在的狀態」。以例句為例，就是「過去某個時間點發生了他離開的事件，因此導致了現在他不在這裡的狀態」的意思。

▼用例句理解！

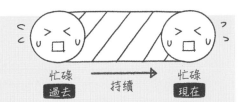

狀態的持續

例 I ⬚have⬚ ⬚been⬚ busy since last week.
（我從上週一直忙到現在。）

忙碌　　→　　忙碌
過去　　持續　　現在

「狀態的持續」表達的是「從過去到現在，某個狀態一直持續」。以例句為例，就是「我從過去某個時間點（上週）變成忙碌狀態，而這個狀態一直持續至今」的意思。

小提醒！！

當have（has）後面接的動詞，是用來表達「已完成的事件」（＝有動作的動詞）時，就是在描述「已完成之結果」。而當have（has）後面接的動詞，是用來表達「狀態」（＝無動作的動詞）時，就是在描述「狀態的持續」。

① ② ③ ④ ⑤ ⑥ ⑦

3 現在完成式的文句，大多同時有「完成」或「經驗」的含意。

▼用例句理解！

➊ I ⬚have⬚ just ⬚cleaned⬚ my room.
（我剛打掃完房間。）

同時有「現在房間已經打掃完畢」的意思。

＋完成
過去事件的結果

cleaned my room

打掃房間　→　房間已經打掃完成
過去　結果　現在　＝　已完成

➋ We ⬚have⬚ ⬚visited⬚ his house three times.
（我們曾去過他家3次。）

同時有「目前有3次訪問經驗」的意思。

＋經驗
過去事件的結果

visited his house

去他家　→　曾經去過他家
過去　結果　現在　＝　有去他家的經驗

小提醒！！

若句子中有already（已經）或just（剛好）等詞彙，則該文句通常有「完成」的含意。而若句子中有表示「次數」的詞語，則通常有「經驗」的意思。

練習題

1	**請將下列各題改寫為現在完成式。**

現在完成式

與現在連續的過去

(1) I close the gate.

_____

(2) Jack and Lisa use this machine.

_____

(3) Tom cleans this room.

_____

(4) Jack is sick.

_____

(5) We are sad.

_____

2	**請將下列各題翻譯成中文,並在空格中回答本文表達的是「結果」還是「持續」。**

(1) My husband has returned to Japan.

_____ | _____ |

(2) My father has owned a small ship for ten years.

_____ | _____ |

(3) He has gone.

_____

(4) That gate has been open since last night.

_____

(5) I have been happy since I came to this town.

_____

1
2
3
4
5
6
7

3 請在下方空格中填入適當的單字，完成題目的內容。

(1) 我已經把那封信寄出去了。

I have [　　　　　] sent the letter.

(2) 他才剛剛去過郵局。

He has [　　　　　] been to the post office.

(3) 我兒子沒有看過雪。

My son has [　　　　　] seen snow.

(4) 我曾見過你母親一次。

We have met your mother [　　　　　].

(5) 這部電影我看過3次了。

I have seen this movie [   ] [   ].

(6) 我從小就很喜歡這首歌。

I have liked this song [   ] I was a child.

(7) 我兒子已經當醫生20年了。

My son has been a doctor [   ] twenty years.

(8) 這隻狗從去年就形單影隻。

This dog has been alone [   ] last year.

4 **請用現在完成式將下列題目翻成英文。**

(1) 我兒子弄壞了這張椅子。

_____

(2) 這個故事我讀過4遍了。

_____

(3) 我已經退休了。

_____

(4) 我老公從來沒有喝過葡萄酒。

_____

與現在連續的過去

(5) 瑪莉從昨晚就一直在生氣。

_____

(6) 我們跟梅格已經認識10年了。

_____

(7) 我們從梅格還小時就認識她了。

_____

① ② ③ ④ ⑤ ⑥ ⑦

STEP.3

解答

與現在連續的過去

---

1 (1) I have closed the gate.　(2) Jack and Lisa have used this machine.　(3) Tom has cleaned this room.　(4) Jack has been sick.　(5) We have been sad.

2 (1) 我老公回到了日本。（結果）　(2) 我爸爸已經擁有一艘小船10年了。（持續）　(3) 他已經走了。（結果）　(4) 那扇門從昨天就一直開著。（持續）　(5) 我來到這座小鎮後一直很幸福。（持續）

3 (1) I have (already) sent the letter.　(2) He has (just) been to the post office.　(3) My son has (never) seen snow.　(4) We have met your mother (once).　(5) I have seen this movie (three) (times).　(6) I have liked this song (since) I was a child.　(7) My son has been a doctor (for) twenty years.　(8) This dog has been alone (since) last year.

4 (1) My son has broken this chair. 或 My sons have broken this chair.　(2) I have read this story four times.　(3) I have already retired.　(4) My husband has never drunk(drank) wine.　(5) Mary has been angry since last night.　(6) We have known Meg for ten years.　(7) We have known Meg since she was a child.

1

(1) [答案] I have closed the gate.

(2) [答案] Jack and Lisa have used this machine.

🗨 澤井▶ 這兩題我們一併解說。使用現在完成式的時候，首先必須正確判斷應該要用have還是has。

🗨 關谷▶ 這兩題都是用have呢。

🗨 澤井▶ 沒錯。當主詞是I、we、you、複數形的時候就要用have。

🗨 關谷▶ (1)的主詞是I。(2)的主詞則是以Jack和Lisa這兩個人，所以屬於「複數形」。

🗨 澤井▶ 正是如此。還有，使用現在完成式時還要注意一件事。那就是要把原本的動詞改為過去分詞。

🗨 關谷▶ 關於過去分詞的用法，在第5天有學過了。

🗨 澤井▶ 被動式的動詞一樣用過去分詞呢。

(3) [答案] Tom has cleaned this room.

🗨 關谷▶ 這題是用has呢。

🗨 澤井▶ 沒錯。因為Tom不屬於I、we、you、複數形任何一者。除了用has外，clean也要改成過去分詞態的cleaned。

(4) [答案] Jack has been sick.

(5) [答案] We have been sad.

🗨 澤井▶ 這兩題我們一併解說。

🗨 關谷▶ (4)要用has，(5)要用have。

🗨 澤井▶ 是的。還有動詞要改成過去分詞。be動詞的過去分詞是been，這個妳知道嗎？

🗨 關谷▶ 不，我不曉得。

🗨 澤井▶ 這個詞很常用，要好好記住喔。

🗨 關谷▶ 是。

2

(1) [答案] 我老公回到了日本。（結果）

🗨 澤井▶ return是「回來」的意思。

🗨 關谷▶ 屬於過去事件的動詞呢。

🗨 澤井▶ 沒錯。所以是「結果」的意思。回來之後，現在是什麼狀態？

🗨 關谷▶ 丈夫現在是在日本的狀態。

🗨 澤井▶ 就是這樣。那麼接下來請看看下面這句話。

My husband returned to Japan.
（我老公回到日本。）

🗨 關谷▶ 述語的部分不是現在完成式，而是普通的過去式呢。

🗨 澤井▶ 沒錯。雖然翻成中文後跟現在完成式幾乎一樣，但含意卻不相同。現在完成式著重表達現在的狀態，而過去式只單純描述過去的事件。

🗨 關谷▶ 原來如此。

🗨 澤井▶ 所以說，從過去式的文句中，無法得知現在的狀態如何。

🗨 關谷▶ 意思是說話者的丈夫現在不一定還在日本嗎？

🗨 澤井▶ 沒錯。有可能又出國去了。但是從（1）的句子可以得知目前的狀態。現在完成式可同時描述「過去的事件＋現在的狀態」喔。

① ② ③ ④ ⑤ 6 ⑦

現在完成式

與現在連續的過去

(2) 答案 **我爸爸已經擁有一艘小船10年了。**（持續）

😼 澤井 own是「擁有」的意思。請問這個動詞有動作嗎？

😺 關谷 沒有。所以說，這句話是表達「持續」的意思對吧。

😼 澤井 沒錯。從文中for～的表現，同樣可以看出這句話有「持續」的意思。因為for是用來表示「期間」的介系詞。

(3) 答案 **他已經走了。**（結果）

😼 澤井 gone是go（去）的過去分詞。

😺 關谷 「去」屬於「事件」呢。

😼 澤井 所以說這句話所描述的是「過去事件」的結果，那麼現在是什麼狀態呢？

😺 關谷 「他已經不在這裡」的狀態。

😼 澤井 沒錯。因為是現在完成式的文章，所以可以一併得知現在的狀態。

😺 關谷 話說回來，這句話可以直接翻譯成「他走了」嗎？

😼 澤井 也可以喔。不過翻譯成「他已經走了」，更能表現出「現在已經不在這裡」的感覺。

😺 關谷 的確是這樣沒錯。

(4) 答案 **那扇門從昨天就一直開著。**（持續）

😺 關谷 been是be動詞的過去分詞。

😼 澤井 剛剛也看過了呢。That gate is open.的意思是「那扇門是開著的」。這裡的is是「是」的意思，屬於「狀態」動詞。

😺 關谷 也就是說，這句話是在描述「狀態」對吧。

😼 澤井 沒錯。從文中的since～也同樣能看出。這是表示起點的表現。換言之，是在描述狀態從何時開始。

(5) 答案 **我來到這座小鎮後一直很幸福。**（持續）

😺 關谷 這題也是「持續」的意思呢。因為跟上題一樣用了since。

😼 澤井 不過，這題的since後面接的東西跟(4)不一樣喔。放在一起比較看看吧。請觀察since後面的畫線部分。

(4) That gate has been open since last night.

(5) I have been happy since I came to this town.

😼 澤井 關谷小姐，妳有發現什麼嗎？

😺 關谷 (5)的since後面接的是句子。

😼 澤井 沒錯！代表「自～以來」的since後面，除了名詞之外還可以接完整的句子。相反地，代表「在～期間」的for後面只能接名詞。這個差異非常重要，因此我們稍微整理一下。

> ✓CHECK
> ✓ since（自～以來）：後面可接名詞或句子。
> ✓ for（在～期間）：後面只能接名詞。

3

(1) 答案 I have (**already**) sent the letter.

😼 澤井 第 3 部分，我們要來學習現在完成式常用的句型。

😺 關谷 是。

😼 澤井 「已經」的英文是already，妳有想到嗎？

😺 關谷 看到解答後就想起來了，但自己寫的時候沒想出來。

(2) 答案 He has (**just**) been to the post office.
💬 澤井 「剛剛」的英文just呢？
💬 關谷 這個我有答對！但別的地方卻還是有問題。
💬 澤井 是been吧？
💬 關谷 是。be動詞有「去」的意思嗎？
💬 澤井 其實是有的。不只是「去」，也有「來」的意思。來看看「來」的例子吧。

I will be back in ten minutes.
（我10分鐘就回來。）

💬 澤井 「be動詞同時有『去』或『來』的意思」，請好好記住這句話。
💬 關谷 是。be動詞的意義真多呢。
💬 澤井 因為be動詞在英文裡面就像「超人」一樣啊。

(3) 答案 My son has (**never**) seen snow.
💬 澤井 「從來沒有」的英文是never有想到嗎？
💬 關谷 這題也沒問題。
💬 澤井 這段句子是表達「經驗」的意思。不過因為用的是「never」，所以表達的是「沒有經驗」。

(4) 答案 We have met your mother (**once**).
💬 澤井 「一次」的once呢？
💬 關谷 這個字在第4天學過了！
💬 澤井 原來妳還記得啊。這句話也同樣是表達「經驗」的意思。

(5) 答案 I have seen this movie (**three**) (**times**).

💬 澤井 表示「次數」的～times呢？
💬 關谷 和once一樣也在第4天就學會了。
💬 澤井 很好！

(6) 答案 I have liked this song (**since**) I was a child.
💬 關谷 「從小」用的是since啊。
💬 澤井 沒錯。請問這句話中，since後面接的是名詞？還是句子？
💬 關谷 句子。
💬 澤井 OK。since的後面可以接名詞也可以接句子，要記住喔。
💬 關谷 是。

(7) 答案 My son has been a doctor (**for**) twenty years.
💬 關谷 「～年」用的是for呢。
💬 澤井 for的後面一定接名詞。這題接的是twenty years這個名詞。

(8) 答案 This dog has been alone (**since**) last year.
💬 關谷 「從去年」的「從」跟「自～以來」是同樣意思。所以答案是since。
💬 澤井 看來妳已經完全學會了。這句話中since後面接的是名詞喔。

4

(1) 答案 **My son has broken this chair.** 或 **My sons have broken this chair.**
💬 澤井 雖然中文的說法沒有差別，但這題要表達的是這張椅子現在仍是壞的。翻成英文時要用現在完成式喔。
💬 關谷 答案有2種呢。
💬 澤井 請妳解釋看看這2句的意思。
💬 關谷 好。如果是1個兒子破壞的，就是

現在完成式

與現在連續的過去

用My son has broken this chair.。而如果不是1個人，譬如「有2個兒子，在玩的時候一起弄壞了這張椅子」的話就是My sons have broken this chair.。

🗨 澤井 很好。

🗨 關谷 因為中文的「兒子」無法直接判斷到底是1個人還是2個人以上呢。

🗨 澤井 就是這麼回事。所以這裡2種答案都有可能。

🗨 關谷 好有趣喔。

🗨 澤井 是啊。只要繼續認真學下去，就會發現思考這些問題變得愈來愈「有趣」、「快樂」喔。

🗨 關谷 我也想成為那樣的人！

(2) 答案 I have read this story four times.

🗨 澤井 只要知道「這個故事」要翻成this story，其他部分應該沒什麼問題才是？

🗨 關谷 是的。用了this之後，就不用再加a了對吧。

🗨 澤井 因為story是可數名詞，所以「1則故事」是a story；但這裡加了this後就不用a了。這也是第1天就學過的內容。

(3) 答案 I have already retired.

🗨 澤井 「退休」的英文是retire，妳有想到嗎？

🗨 關谷 這個字常常聽到，所以我有想到。

🗨 澤井 OK。然後只要知道用already這個字就沒問題了。

(4) 答案 My husband has never drunk〔drank〕wine.

🗨 澤井 葡萄酒是可數名詞呢？還是不可數名詞？

🗨 關谷 是不可數名詞。所以wine不用加冠

詞。never也有拼出來。可是……。

🗨 澤井 drink的過去分詞不會寫是嗎？

🗨 關谷 對啊。

🗨 澤井 drink的過去式是drank，過去分詞是drunk或drank。

🗨 關谷 原來有2種啊。

🗨 澤井 嗯。2種都有人用喔。

(5) 答案 Mary has been angry since last night.

🗨 澤井 表達「生氣」應該用哪個動詞呢？

🗨 關谷 正確答案的句子我沒有馬上想出來，所以一開始先寫下Mary is angry.。然後再把這句改成Mary has been angry.。用的動詞是be動詞。

🗨 澤井 這方法很好呢。如果一下子想不出現在完成式該怎麼寫，只要先寫出現在式的寫法，再改成現在完成式就行了。這是很有用的方法喔。

✓CHECK

✓ 不確定現在完成式怎麼寫時，可以先寫下述語的現在式寫法。

🗨 關谷 since last night也有寫對。

🗨 澤井 很好！

(6) 答案 We have known Meg for ten years.

(7) 答案 We have known Meg since she was a child.

🗨 澤井 這兩題我們一起講解。首先，要分清楚「得知」跟「認識」的差別。

🗨 關谷 我很少想過這兩個詞有什麼不同。

🗨 澤井 「得知」是「從不知的狀態變成知的狀態」，屬於一種事件。所以「得知」的動詞英文用的是learn或hear。

🗨 關谷 原來如此。

🔊 譚井▶然而，know是「認識」的意思，沒有動作。

🔊 關谷▶也就是說，know屬於狀態類的動詞嗎？

🔊 譚井▶是的。所以know的現在完成式，表達的是持續的意義。關谷小姐，know的過去分詞妳會拼嗎？

🔊 關谷▶會。know的過去式是knew，過去分詞是known對吧？

🔊 譚井▶沒錯。剩下只要for ten years跟since she was a child的部分有寫對，應該就沒什麼問題了。

🔊 關谷▶since的後面接句子，這個有點難呢。我沒有寫對。明明since last night和since yesterday這種表現方式很簡單的說……。

🔊 譚井▶大聲把正確答案的英文多唸幾遍，然後在紙上寫下來。這樣就會慢慢記住了喔。總而言之就是多用多練習，持之以恆就對了。

🔊 關谷▶「有志者事竟成」對吧。

🔊 譚井▶就是這樣沒錯。這句話非常重要。那麼就讓我們好好品味這句格言的寶貴之處，結束今天的課程吧。

1
2
3
4
5
6
7

DAY 7

疑問句

向對方取得資訊

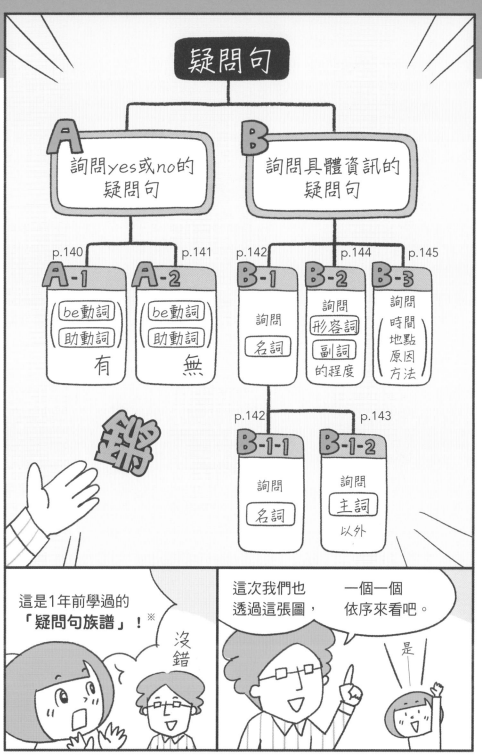

※出自前作《看漫畫輕鬆學！國中英文7天重新掌握》p.258

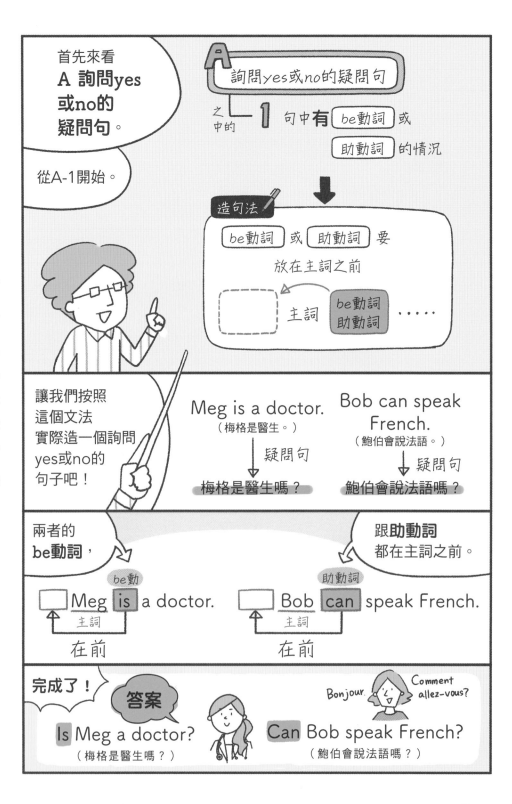

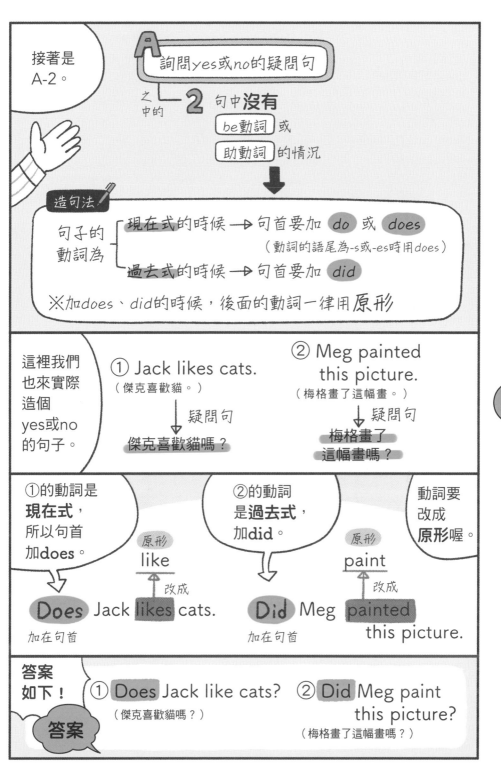

接著是
A-2。

A

詢問yes或no的疑問句

之中的

2 句中**沒有**

be動詞 或

助動詞 的情況

造句法

句子的
動詞為

現在式的時候 → 句首要加 do 或 does
（動詞的語尾為-s或-es時用does）

過去式的時候 → 句首要加 did

※加does、did的時候，後面的動詞一律用**原形**

① ② ③ ④ ⑤ ⑥ 7

這裡我們
也來實際
造個
yes或no
的句子。

① Jack likes cats.
（傑克喜歡貓。）

↓ 疑問句

傑克喜歡貓嗎？

② Meg painted
this picture.
（梅格畫了這幅畫。）

↓ 疑問句

梅格畫了
這幅畫嗎？

①的動詞是
現在式，
所以句首
加**does**。

原形
like
↑ 改成

Does Jack likes cats.

加在句首

②的動詞
是**過去式**，
加**did**。

Did Meg painted

加在句首

原形
paint
↑ 改成

this picture.

動詞要
改成
原形喔。

答案
如下！

答案

① Does Jack like cats?
（傑克喜歡貓嗎？）

② Did Meg paint
this picture?
（梅格畫了這幅畫嗎？）

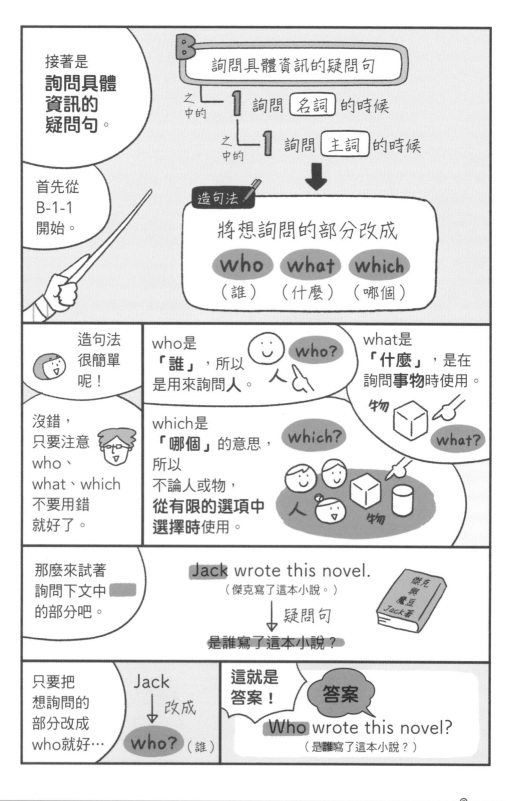

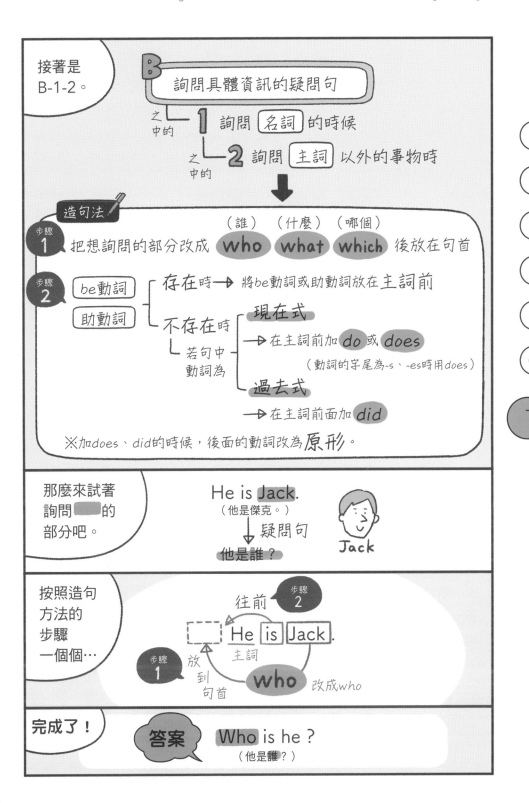

接著是
B-1-2。

B 詢問具體資訊的疑問句

之中的 **1** 詢問 名詞 的時候

之中的 **2** 詢問 主詞 以外的事物時

造句法

步驟 **1** 把想詢問的部分改成 （誰） （什麼） （哪個） **who what which** 後放在句首

步驟 **2** be動詞 助動詞 ┬ 存在時 → 將be動詞或助動詞放在主詞前

└ 不存在時 ┬ 現在式
          │ → 在主詞前加 **do** 或 **does**
          │   （動詞的字尾為-s、-es時用does）
    若句中
    動詞為
          └ 過去式
            → 在主詞前面加 **did**

※加does、did的時候，後面的動詞改為原形。

那麼來試著
詢問 ███ 的
部分吧。

He is Jack.
（他是傑克。）
↓ 疑問句
他是誰？

Jack

按照造句
方法的
步驟
一個個…

步驟 **2** 往前

步驟 **1** 放到句首

He is Jack .
主詞
who 改成who

完成了！ 答案 Who is he ?
（他是誰？）

1
2
3
4
5
6
7

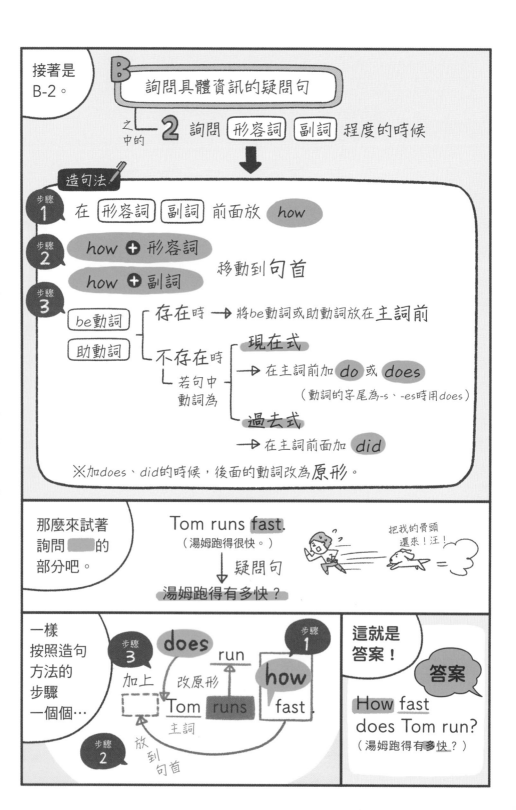

接著是
B-2。

詢問具體資訊的疑問句

之中的 **2** 詢問 形容詞 副詞 程度的時候

疑問句

造句法

步驟 **1** 在 形容詞 副詞 前面放 how

步驟 **2** how ➕ 形容詞
how ➕ 副詞 移動到句首

步驟 **3** be動詞 ─ 存在時 → 將be動詞或助動詞放在**主詞前**
助動詞

不存在時 ─ 現在式
若句中 → 在主詞前加 do 或 does
動詞為 （動詞的字尾為-s、-es時用does）

過去式
→ 在主詞前面加 did

※加does、did的時候，後面的動詞改為**原形**。

向對方取得資訊

那麼來試著
詢問 ■ 的
部分吧。

Tom runs fast.
（湯姆跑得很快。）
↓ 疑問句
湯姆跑得有多快？

把我的骨頭
還來！汪！

一樣
按照造句
方法的
步驟
一個個…

步驟 **3** does run
加上 改原形
Tom runs how fast
主詞
步驟 **1**

步驟 **2** 放到句首

這就是
答案！

答案

How fast
does Tom run?
（湯姆跑得有多**快**？）

GOAL

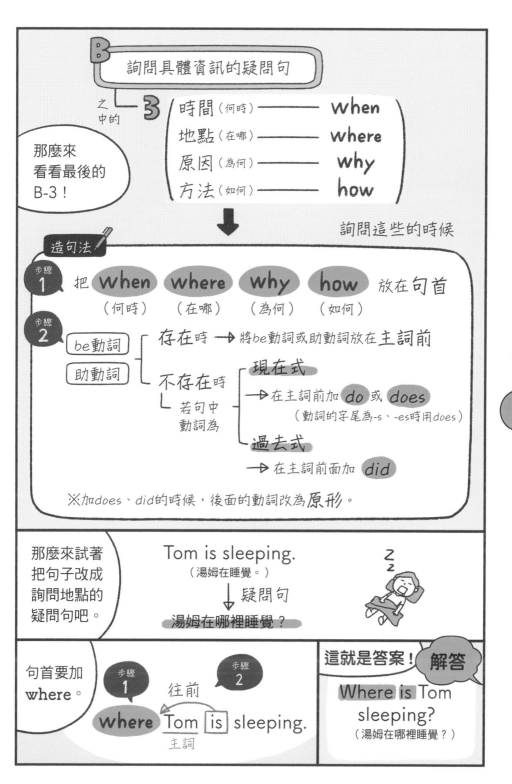

B 詢問具體資訊的疑問句

之中的 3

時間（何時）	——	when
地點（在哪）	——	where
原因（為何）	——	why
方法（如何）	——	how

那麼來看看最後的 B-3！

詢問這些的時候

造句法

步驟 1 把 when（何時） where（在哪） why（為何） how（如何） 放在句首

步驟 2

be動詞 / 助動詞

存在時 → 將be動詞或助動詞放在主詞前

不存在時

若句中動詞為

現在式
→ 在主詞前加 do 或 does
（動詞的字尾為-s、-es時用does）

過去式
→ 在主詞前面加 did

※加does、did的時候，後面的動詞改為原形。

那麼來試著把句子改成詢問地點的疑問句吧。

Tom is sleeping.
（湯姆在睡覺。）
↓ 疑問句
湯姆在哪裡睡覺？

句首要加 where。

步驟 1 往前 步驟 2

where Tom is sleeping.
主詞

這就是答案！ 解答

Where is Tom sleeping?
（湯姆在哪裡睡覺？）

重點整理

最後一天，我們講解了疑問句。不是自己丟出訊息，而是向對方探詢資訊，可以讓溝通更加圓滑，並使對話的範圍一口氣擴大。

疑問句

向對方取得資訊

1 疑問句可大致分為2類。

A 詢問 yes 或 no 的疑問句
B 詢問具體資訊的疑問句

嗯嗯

小提醒!!

> 這2個分類，是正確建構疑問句的出發點喔。首先來看 A「詢問 yes 或 no 的疑問句」。

A 詢問 yes 或 no 的疑問句的造句法

2 疑問句中有 be 動詞或助動詞的情況。

▼一起來造疑問句！

例 Is Tom a singer?

（湯姆是歌手嗎？）

步驟1 首先寫出「湯姆是歌手。」的英文。

→ Tom is a singer.

步驟2 將 be 動詞放到主詞前。

→ Tom is a singer. → Is Tom a singer?（完成）

♫ La~ La~

GOAL

▼一起來造疑問句！

例 Can Bob speak Spanish?

（鮑伯會說西班牙語嗎？）

步驟1 首先寫出「鮑伯會說西班牙語。」的英文。

→　Bob can speak Spanish.

步驟2 將助動詞移到主詞前。

→　Bob can speak Spanish.　→　Can Bob speak Spanish?（完成）

小提醒!!

「將句首單字的首字母改成大寫，並把句尾的句號改成問號」，是疑問句型的基本規則。

① ② ③ ④ ⑤ ⑥ 7

3 疑問句中沒有be動詞也沒有助動詞的情況。

▼一起來造疑問句！

例 Do they live in this town?

（他們住在這座鎮上嗎？）

步驟1 首先寫出「他們住在這座鎮上。」的英文。

→　They live in this town.

步驟2 由於句中動詞是現在式，所以句首放do或does。

放這裡

→　They live in this town.　→　Do they live in this town?（完成）
　　動詞是現在式

小提醒!!

當原始肯定句的動詞字尾像He lives in this town.這樣，是-s、-es時，則句首不用do而是用does，並且動詞用原形。

疑問句

向對方取得資訊

▼一起來造疑問句！

例 **Did Jack paint this picture?**

（是傑克畫了這幅畫嗎？）

步驟1 首先寫出「傑克畫了這幅畫。」的英文。

→ Jack painted this picture.

步驟2 由於句中動詞是過去式，所以句首用did，動詞改為原形。

放這裡

→ Jack painted this picture. → Did Jack paint this picture?（完成）

動詞為過去式 改原形

B 詢問具體資訊的疑問句的造句法

4 詢問具體資訊的疑問句代表範例，有以下3種。

❶ 詢問名詞
❷ 詢問形容詞、副詞的程度
❸ 詢問時間、地點、原因、方法

3種？

小提醒!!

除了回答「是」、「不是」的疑問句以外，也有詢問「為什麼？」、「在哪裡？」這種具體資訊的疑問句喔。下面讓我們來看看這些狀況要如何造句。

5 詢問名詞（主詞）的疑問句。

▼一起來造疑問句！

例 **Who made this chair?**

（誰做了這張椅子？）

GOAL

步驟1 首先寫出「～做了這張椅子」的英文。

→ 　～　 made this chair.

步驟2 將 ～ 的部分改成who。

→ 　～　 made this chair. → 　Who　 made this chair?（完成）

詢問主詞的時候，只要換掉想問的部分，疑問句就完成了。

小提醒!!

> 想詢問「什麼」時用what，想問「哪一個」時用which。

6　詢問名詞（主詞以外）的情況。

▼ 一起來造疑問句！

例 Who did Meg meet yesterday?
（昨天梅格和誰見了面？）

步驟1 首先寫出「昨天梅格和～見了面。」的英文。

→ 　Meg met 　～　 yesterday.

步驟2 將 ～ 的部分改成who，然後放到句首。

→ 　Meg met 　～　 yesterday. → 　Who　 Meg met yesterday.
　　　　　　　　　 who

步驟3 因為句中動詞是過去式，所以主詞前加did，動詞改為原形。

　　　　　　　　　　　　　　　　　放這裡

→ 　Who Meg met yesterday. → 　Who 　did　 Meg meet yesterday?（完成）
　　　　動詞為過去式　　　　　　　　　　　　　改為原形

詢問主詞以外的名詞時，在改寫要詢問的部分後，還需要在主詞前加be動詞、助動詞、do、does、did。

小提醒!!

> 這裡也一樣，不是要問「誰」，而是要問「什麼」時用what，問「哪一個」時用which。

7 詢問形容詞程度的疑問句。

疑問句

向對方取得資訊

▼一起來造疑問句！

例 How busy is she?
（她有多忙？）

步驟1 首先寫出「她很忙。」的英文。

→ She is busy. ※此句要問的是形容詞busy的程度。

步驟2 在busy前加how，把「how＋busy」放在句首。

→ She is busy. → How busy she is.
　　　　　how busy

步驟3 將be動詞移到主詞之前。

→ How busy she is. → How busy is she?（完成）

8 詢問副詞程度的疑問句。

▼一起來造疑問句！

例 How fast does Tom run?
（湯姆跑得有多快？）

※嗤——

步驟1 首先寫出「湯姆跑很快。」的英文。

→ Tom runs fast. ※此句要問的是副詞fast的程度。

步驟2 在fast的前面加how，把「how＋fast」放在句首。

→ Tom runs fast. → How fast Tom runs.
　　　　　how fast

步驟3 句中動詞為-s動詞，所以主詞前加does，並把動詞改為原形。

放這裡

→ How fast Tom runs. → How fast does Tom run?（完成）
　　　　　動詞為-s

小提醒!!

跟7的情況一樣，以「how＋副詞」的組合當作句首是重點所在。

⑦ GOAL

9 詢問時間、地點、原因、方法的疑問句。

▼一起來造疑問句！

例 Where can I buy this watch?

（我可以在哪裡買到這只錶？）

步驟1 首先寫出「我可以買到這只錶。」的英文。

→ I can buy this watch.

步驟2 在句首加where。

放這裡

→ I can buy this watch. → Where I can buy this watch.

步驟3 把can移到主詞之前。

→ Where I can buy this watch. → Where can I buy this watch?（完成）

① ② ③ ④ ⑤ ⑥

7

小提醒!!

詢問地點的時候用where（哪裡），詢問時間的時候用when（何時），詢問原因的時候用why（為何），詢問方法的時候用how（如何）。

練習題

1 請將下列題目改寫成詢問yes或no的疑問句。

(1) He is a doctor.

_____

(2) Tom is sleeping now.

_____

(3) This car was designed by a Japanese person.

_____

(4) There was a bag on the table.

_____

(5) I should do this job.

_____

(6) The story could be true.

_____

(7) Nick likes horses.

_____

(8) Bob sometimes goes to movie theaters.

_____

(9) Sam invented this machine.

_____

(10) The boys live in this town.

_____

2 請將下列題目改寫成詢問底線部分的疑問句。

(1) Tom painted cats on the wall.

_____

(2) Alex ate my cake.

_____

(3) They call the dog Ted.

_____

(4) This is a lighter.

_____

(5) Jack drove my car.

_____

(6) Bob gave her a ring.

_____

(7) Tommy met <u>Lisa</u> in the shop.

_____

(8) <u>Something</u> happened here yesterday.

_____

3 請將下列題目改寫成詢問底線部分的疑問句。

(1) That bridge is <u>long</u>.

_____

(2) Jack <u>often</u> goes to the park.

_____

(3) This rock is <u>heavy</u>.

_____

(4) He is working <u>hard</u>.

_____

4 請依照右邊的指示將下列題目改寫成疑問句。

(1) She is always crying. （詢問原因）

_____

(2) Joe caught this wolf. （詢問方法）

_____

(3) We can go home. （詢問時間）

_____

(4) He bought a car. （詢問地點）

_____

(5) You are kind to me. （詢問原因）

_____

(6) I use this tool. （詢問方法）

_____

(7) They will play tennis. （詢問地點）

_____

(8) You are free. （詢問時間）

_____

① ② ③ ④ ⑤ ⑥ **7**

5 請將下列題目翻譯成英文。

(1) 你為什麼選擇這間大學？

_____

(2) 他是誰？

_____

(3) 你怎麼稱呼這隻狗？

_____

(4) 他有多高？

_____

(5) 他們打算如何幫助那些孩子？

_____

(6) 我們打算在倫敦做什麼？

_____

(7) 誰做了這張椅子？

_____

(8) 你在哪裡找到這把鑰匙的？

_____

疑問句

向對方取得資訊

(9) 這扇門是何時關上的？

_____

(10) 你打算多久後過來？

_____

(11) 這座城市有機場嗎？

_____

① ② ③ ④ ⑤ ⑥ 7

STEP.3

解答

疑問句

向對方取得資訊

1 (1) Is he a doctor? (2) Is Tom sleeping now? (3) Was this car designed by a Japanese person? (4) Was there a bag on the table? (5) Should I do this job? (6) Could the story be true? (7) Does Nick like horses? (8) Does Bob sometimes go to movie theaters? (9) Did Sam invent this machine? (10) Do the boys live in this town?

2 (1) What did Tom paint on the wall? (2) Who ate my cake? (3) What do they call the dog? (4) What is this? (5) Who drove my car? (6) What did Bob give her? (7) Who did Tommy meet in the shop? (8) What happened here yesterday?

3 (1) How long is that bridge? (2) How often does Jack go to the park? (3) How heavy is this rock? (4) How hard is he working?

4 (1) Why is she always crying? (2) How did Joe catch this wolf? (3) When can we go home? (4) Where did he buy a car? (5) Why are you kind to me? (6) How do I use this tool? (7) Where will they play tennis? (8) When are you free?

5 (1) Why did you choose this university? (2) Who is he? (3) What do you call this dog? (4) How tall is he? (5) How will they help the children? (6) What should we do in London? (7) Who made this chair? (8) Where did you find this key? (9) When was this gate closed? (10) How soon will you come here? (11) Is there an airport in this city?

GOAL

I

(1) 答案 **Is he a doctor?** （他是醫生嗎？）

(2) 答案 **Is Tom sleeping now?** （湯姆正在睡覺嗎？）

🗨 澤井 ▶ 第 I 部分我們一次解說兩題。這兩題有問題嗎？

🔘 關谷 ▶ 沒問題。

🗨 澤井 ▶ 因為只要把be動詞放到前面就可以了呢。然後第2題考的是進行式。

(3) 答案 **Was this car designed by a Japanese person?** （這輛車是日本人設計的嗎？）

(4) 答案 **Was there a bag on the table?** （請問桌上是不是有個包包？）

🗨 澤井 ▶ 這兩題呢？

🔘 關谷 ▶ 也沒問題。但是，(4)稍微有點難。因為以前從來沒有造過「be動詞＋there」的句型……。

🗨 澤井 ▶ 有be動詞的句子，不論是進行式、被動式，還是其他形態，只要把be動詞放到主詞前面，就會變成詢問yes或no的疑問句。

🔘 關谷 ▶ 但是「There＋be動詞＋名詞」的句型，there算是主詞嗎？

🗨 澤井 ▶ 嗯。在文法結構上算是主詞。所以(4)的was只要放在there前面就行了。

🔘 關谷 ▶ 原來如此。

🗨 澤井 ▶ 所以說，詢問「請問有沒有～」的文句，全都可以用「be動詞＋there＋～？」的句型來表現喔。

(5) 答案 **Should I do this job?** （我應該接下這個工作嗎？）

(6) 答案 **Could the story be true?** （那個故事有可能是真的嗎？）

🗨 澤井 ▶ 這兩題有用到助動詞呢。

🔘 關谷 ▶ 是。所以要把助動詞放到句首對吧。(6)的句子因為有be動詞也有助動詞，所以稍微有點不確定，但我還是選擇把助動詞移到前面。

🗨 澤井 ▶ 這樣是對的。順帶一提，could的意思是「可能」，這個妳知道嗎？

🔘 關谷 ▶ 知道。是表達「可能性」的can的過去式對不對？

🗨 澤井 ▶ 沒錯。所以要翻成「有可能」。

(7) 答案 **Does Nick like horses?** （尼克喜歡馬嗎？）

(8) 答案 **Does Bob sometimes go to movie theaters?** （鮑伯有時會去電影院嗎？）

🗨 澤井 ▶ 這兩題有be動詞、助動詞嗎？

🔘 關谷 ▶ 沒有。所以輪到does出場了對吧？

🗨 澤井 ▶ 對。但是為什麼不是用do或did而是does呢？

🔘 關谷 ▶ 因為(7)的like有加-s，(8)的go有加-es。

🗨 澤井 ▶ 原來妳有注意到了啊。動詞的字尾加-s或-es的時候，就不是用do，而是用does。然後動詞要改為原形。

🔘 關谷 ▶ 這個我寫錯了。

🗨 澤井 ▶ 妳忘了改回原形？

🔘 關谷 ▶ 嗯。我直接用了likes和goes。

🗨 澤井 ▶ 果然如此。會犯這種錯誤的人真的很多呢。

🔘 關谷 ▶ 我以後會小心的！

(9) 答案 **Did Sam invent this machine?** （是山姆發明了這台機器嗎？）

(10) 答案 **Do the boys live in this town?** （那些男孩住在這座鎮上嗎？）

🗨 澤井 ▶ (9)用了did。(10)則是用do。請試著解釋為什麼要這麼用吧！

① ② ③ ④ ⑤ ⑥ ⑦

好的。(9)因為原文用的動詞是過去式invented，所以要用did。(10)的動詞不是過去式，而且也沒有加-s或-es，所以用do。

譯井 很好。用did的時候有個地方一定要注意。那就是動詞要改原形。

關谷 我直接寫成了invented。

譯井 真的很多人會在這裡犯錯。總而言之，記得用does或did的時候「動詞要改回原形」就對了。

關谷 是。我會銘記在心的！

2

(1) 答案 **What did Tom paint on the wall?** （湯姆在那面牆上畫了什麼？）

譯井 第 2 部分的題目，讓我們先把原本的句子翻成中文。

Tom painted <u>cats</u> on the wall.
（湯姆在那面牆上畫了貓。）

關谷小姐，請問底線處是什麼詞？

關谷 是名詞。

譯井 沒錯。詢問名詞的時候，必須先判斷該名詞「是不是主詞」。

關谷 因為造疑問句的方式會因此不一樣對不對？

譯井 正是如此。如果是主詞的話，只需把要問的部分改成who、what、which就好了。但如果不是主詞，在把名詞改成who、what、which之後，還要再多幾個步驟。

關谷 是。

譯井 為保險起見，我們來複習一下那些步驟吧。首先把who、what、which放在句首，再把be動詞放到主詞之前；又或是

在主詞之前加上do、does、did。當然，用does或did的時候，動詞要改回原形，不要忘了。

關谷 有點麻煩呢。相反地，詢問主詞的時候就很輕鬆。

譯井 因為只需要改一個單字就好了啊。那麼，請問這句話中的cats是主詞嗎？

關谷 不是主詞。

譯井 沒錯。所以首先要把cats換成what，挪到句首，接著再把did放到主詞之前。然後painted要？

關谷 改成原形paint，對不對？

譯井 就是這樣。對了，關谷小姐，who、what、which的用法沒問題嗎？

關谷 是。詢問人的時候用who，詢問物的話用what，詢問「哪個」的時候用which。

譯井 很好。who是「誰」，what是「什麼」，which則可用於人也可用於物，在有限範圍內選擇時使用。

(2) 答案 **Who ate my cake?** （誰吃了我的蛋糕？）

譯井 首先把原始題目翻成中文。

Alex ate my cake.
（亞歷克斯吃了我的蛋糕。）

關谷 畫線處是主詞呢。

譯井 對啊。所以只要改掉主詞就完成了。要改成什麼？

關谷 Alex是人，所以改成who。

譯井 OK！

(3) 答案 **What do they call the dog?**
（他們怎麼稱呼那隻狗？）

譯井 先把題目翻成中文。

They call the dog <u>Ted</u>.
（他們叫那條狗泰德。）

🔴 關谷 ▶ 畫線處不是主詞對吧？

💬 澤井 ▶ 對。所以Ted改成what後，還需要再多做一些步驟。關谷小姐，請問要做什麼呢？

🔴 關谷 ▶ 把what挪到句首，然後在主詞they前面加do。

💬 澤井 ▶ 一點也沒錯。這題解答完成後的疑問句中的what翻成「怎麼、如何」。

🔴 關谷 ▶ 或是直接翻成「什麼」呢？

💬 澤井 ▶ 也沒錯。在實際翻譯what、who、which的時候，還是要配合中文的慣用語法來翻喔。

🔴 關谷 ▶ 不然聽起來會很不自然對吧？

💬 澤井 ▶ 是的。

(4) 答案 **What is this?** （這是什麼？）

💬 澤井 ▶ 原始題目翻成中文如下。

This is a <u>lighter</u>. （這是打火機。）

🔴 關谷 ▶ 畫線部分不是主詞。

💬 澤井 ▶ 所以a lighter改成what後，要挪到句首，接著在this的前面加is。

🔴 關谷 ▶ 話說回來，解答的What is this?的中文，如果不翻成「這是什麼？」而翻「這是什麼東西？」也可以嗎？

💬 澤井 ▶ 可以喔。其他像是「請問這是什麼？」、「這是什麼東西？」、「這是啥？」等等，只要意思一樣就可以了。

(5) 答案 **Who drove my car?** （誰開了我的車？）

💬 澤井 ▶ 先把原始題目翻成中文。

Jack drove my car.
（傑克開了我的車。）

🔴 關谷 ▶ 畫線部分是主詞呢。

💬 澤井 ▶ 所以把Jack改成who就好了。

🔴 關谷 ▶ 果然詢問主詞的時候好輕鬆喔。

💬 澤井 ▶ 不過，別忘了句尾要加問號喔。

(6) 答案 **What did Bob give her?** （鮑伯給了她什麼東西？）

💬 澤井 ▶ 先把題目翻成中文。

Bob gave her a <u>ring</u>.
（鮑伯給了她一個戒指。）

🔴 關谷 ▶ 畫線處不是主詞。

💬 澤井 ▶ 對啊。所以改成what後還沒完。請問再來要怎麼改？

🔴 關谷 ▶ 把what移動到句首，然後在主詞Bob前加did，gave改回原形give。

💬 澤井 ▶ 很好！

(7) 答案 **Who did Tommy meet in the shop?** （湯米在那間店遇到了誰？）

💬 澤井 ▶ 首先把題目翻成中文。

Tommy met <u>Lisa</u> in the shop.
（湯米在那間店遇到了麗莎。）

🔴 關谷 ▶ 畫線處不是主詞。

💬 澤井 ▶ 對。所以把Lisa改成who後，還要把who挪到句首，接著在主詞前加did，並把met改回meet。

🔴 關谷 ▶ 是。我已經慢慢熟悉怎麼改了。

(8) 答案 **What happened here yesterday?** （昨天這裡發生了什麼事？）

① ② ③ ④ ⑤ ⑥ **7**

STEP.3

疑問句

向對方取得資訊

澤井：這是第2部分的最後一題。這題也同樣先把題目翻成中文。

Something happened here yesterday.
（昨天這裡發生了某事。）

關谷：畫線處是主詞。
澤井：對啊。所以改成what就完成了。

3

(1) 答案 **How long is that bridge?** （那座橋有多長？）
澤井：第3部分練習的是詢問形容詞或副詞的程度。這裡也一樣，先把原本的題目翻成中文。

That bridge is long. （那座橋很長。）

關谷：long是形容詞。
澤井：那麼關谷小姐，請問詢問形容詞和副詞程度時要用哪個疑問詞呢？
關谷：how。
澤井：沒錯。要在想詢問程度的形容詞或副詞前加how，然後把「how＋形容詞」或「how＋副詞」挪到句首。
關谷：這裡的句首要放how long對吧？
澤井：是的。但這樣還沒結束，還需要做一件跟詢問yes或no時一樣的步驟。
關谷：因為這句話中有be動詞is，所以要把is挪到主詞that bridge前面對不對？
澤井：正是如此。順帶一提，long的這個字雖然是形容詞，但也能當副詞用。我們在第4天的課程說過英文中很多「形容詞兼副詞」的單字，而long也是其中之一。除了「長」之外也有「久」的意思喔。讓我們舉2個例句來看看。

She didn't study English long.
（她學英文的時間不長。）

Have you known her long?
（你認識她很久了嗎？ → 你跟她認識很久了嗎？）

(2) 答案 **How often does Jack go to the park?** （傑克多常去那個公園？）
澤井：這題也一樣，先把題目改成中文。

Jack often goes to the park.
（傑克常常去那個公園。）

關谷：often有畫線。這個單字在第4天也出現過呢！
澤井：妳還記得啊！often是表示頻率的副詞。那麼，現在我想詢問這句話中often的程度。關谷小姐，請說說看應該怎麼造句呢？
關谷：是。首先在often前面加how。然後將how often移動到句首。 接著把does放到主詞前，最後把goes改回原形go。
澤井：很完美喔！總之記住how跟形容詞或副詞要「整組移動到句首」就對了。

(3) 答案 **How heavy is this rock?** （這塊岩石有多重？）
澤井：這題也同樣先把題目翻成中文。

This rock is heavy. （這塊岩石很重。）

關谷：heavy是形容詞。
澤井：對啊。要詢問形容詞程度的時候，首先在前面加how，再把how heavy挪到句首，最後呢？
關谷：在this rock前面加is。
澤井：有be動詞和助動詞的句子，不需要煩惱do、does、did的問題，很輕鬆呢。

GOAL

(4) 答案 How hard is he working? （他工作有多努力？）

🗨️ 澤井 這是第 3 部分的最後了，首先從把題目翻成中文開始。

He is working hard.
（他很努力工作。）

🗨️ 關谷 hard是「努力」的意思。

🗨️ 澤井 沒錯。因為修飾的是動詞working，所以這裡的hard是副詞。但是，譬如This metal is hard.（這塊金屬很硬）這句話之中，hard就是形容詞。

🗨️ 關谷 所以hard也是「形容詞兼副詞」，對吧。

🗨️ 澤井 沒有錯。那麼關谷小姐，請試著說說看如何詢問上文hard的程度。

🗨️ 關谷 好。首先在hard的前面加how，接著把how hard挪到句首，最後在he的前面加is。

🗨️ 澤井 很好喔！因為這句話也是用be動詞，所以很好造句呢。

🗨️ 關谷 但我有點疑問，how是用來詢問程度的對吧？既然如此，能不能把這裡的how翻成「付出多少」呢？

🗨️ 澤井 可以喔。所以完成後的問句寫成「請問他付出多少努力工作？」也沒關係。這問題問得很好。

🗨️ 關谷 謝謝老師稱讚。

4

(1) 答案 Why is she always crying? （為什麼她老是在哭？）

(2) 答案 How did Joe catch this wolf? （喬是如何抓到這匹狼的？）

(3) 答案 When can we go home? （我們什麼時候可以回家？）

(4) 答案 Where did he buy a car? （他是在哪裡買車的？）

🗨️ 澤井 這裡我們四題一起看。這整大題都是詢問時間、地點、原因、方法的問句。關谷小姐，請說說這四個狀況分別要用哪些詞？

🗨️ 關谷 好的。詢問時間用when，詢問地點用where，詢問原因用why，詢問方法用how。

🗨️ 澤井 沒錯。它們分別是「何時」、「哪裡」、「為何」、「如何」的意思。

🗨️ 關谷 how在第 3 部分也出現過呢。

🗨️ 澤井 嗯。但那裡的how是詢問程度的意思。所以翻譯時是翻成「有多少」；而在這題的how是詢問手段和方法，所以翻成「如何」。

🗨️ 關谷 既然是詢問方法的話，也可以翻成「怎麼」嗎？

🗨️ 澤井 沒問題。when、where、why也一樣喔。換言之，只要是表示「時間」、「地點」、「原因」，中文翻成哪個詞都可以。那我們稍微統整一下。

✓CHECK
✓when：「何時」、「什麼時候」
✓where：「哪裡」、「哪邊」、「什麼地方」、「何處」
✓why：「為何」、「為了什麼」
✓how：「如何」、「用什麼方法」

澤井 ▶ 對了，(1)到(4)題妳有答對嗎？

關谷 ▶ 是。沒問題。跟第 2 和第 3 部分比起來，感覺這一大題比較簡單。

澤井 ▶ 因為不需要考慮「是不是主詞」、「整組放到句首」的問題呢。

關谷 ▶ 是。感覺負擔比較少。

疑問句

向對方取得資訊

(5) 答案 **Why are you kind to me?**（為什麼你對我這麼親切？）

(6) 答案 **How do I use this tool?**（我要怎麼使用這個工具？）

(7) 答案 **Where will they play tennis?**（他們會在哪裡打網球？）

(8) 答案 **When are you free?**（你什麼時候有空？）

澤井 ▶ 這四題有答對嗎？

關谷 ▶ 都沒問題。

澤井 ▶ 總而言之，詢問時間、地點、原因、方法的句子，首先在句首加when、where、why、how，然後按照詢問yes或no的疑問句時一樣的步驟就行了。

5

(1) 答案 **Why did you choose this university?**

澤井 ▶ 那麼只剩下最後的第 5 部分了。這大題我們要來挑戰在沒有「原始肯定句」的狀況下造句。首先是(1)。這題妳寫對了嗎？

關谷 ▶ 是。因為是詢問原因的句子，所以我判斷要用why。

澤井 ▶ 很好。那妳是怎麼造出完整句子的呢？

關谷 ▶ 首先，我先造出You chose this university.（你選擇了這間大學）這個句子。以此為出發點，再改成詢問原因的問句。

澤井 ▶ 原來如此。換言之，就是在這句話的句首加why，然後在主詞前加did，最後把chose改成原形choose對吧。

關谷 ▶ 是的。

(2) 答案 **Who is he?**

澤井 ▶ 這題答對了嗎？

關谷 ▶ 是。沒問題。

澤井 ▶ 妳是怎麼翻譯的呢？

關谷 ▶ 首先寫出He is～的句子，因為我已經知道「～」的部分就是要問的東西，所以就直接從這裡改成Who is he?了。

澤井 ▶ 「～」的部分可以像He is X.這樣代入字母來想，也可以代入具體的單字。譬如He is Tom.這樣。

關谷 ▶ 好的。

(3) 答案 **What do you call this dog?**

澤井 ▶ 這題呢？是不是煩惱了一下？

關谷 ▶ 因為中文是用「怎麼」，所以讓我稍微猶豫了一下，但最後我決定跟(2)一樣，先還原成肯定句來想。

澤井 ▶ 肯定句長得怎麼樣呢？

關谷 ▶ You call this dog ～。

澤井 ▶ 很好。只要能寫出這句，剩下只要知道把～換成what，然後挪到句首，在主詞前加do就行了。

關谷 ▶ 是。

澤井 ▶ 總而言之，請養成當不知道疑問句該怎麼寫時，就先回頭把肯定句寫出來的習慣。只要正確地寫下原始的肯定句，剩下只要按照步驟改成疑問句就行了。

關谷 ▶ 所以當疑問句不會寫時，就先改回肯定句！

澤井 ▶ 沒錯。那麼請跟我一起唸一遍口訣吧。「疑問不會寫，先造肯定句」。

關谷 ▶ 原來如此！這個口訣感覺很有用

呢，我會背下來的。

(4) 答案 **How tall is he?**
🗣 潭井▶ 這題如何？

🗣 關谷▶ 這題就算不先改為原始的肯定句，也馬上就想到了How tall is he?這句話。

🗣 潭井▶ 句型結構較簡單的時候，通常不需要轉換也能直接想出來呢。等到更加習慣後，就算是複雜的句型，也能馬上寫成英文喔。那麼為了保險起見，請說說看這個問句的原始肯定句。

🗣 關谷▶ He is tall.對嗎？

🗣 潭井▶ 正確答案。在這個肯定句的tall前面加how，然後把how tall一起放到句首，最後在he前面加is就完成了。

(5) 答案 **How will they help the children?**
🗣 潭井▶ 這題如何？

🗣 關谷▶ 這題沒有寫對。因為是「如何幫助」，所以我知道要用how，但我沒想到要用will。

🗣 潭井▶ 因為題目有「打算」這個詞，所以需要加入表示意志的單字。而will有「意志」的意思，這個我們在第4天學過了。

🗣 關谷▶ 是。還有，我也忘了child的複數形是children。

🗣 潭井▶ 那麼我們把原始肯定句寫出來吧。

They will help the children.
（他們會幫助那些孩子。）

🗣 關谷▶ 知道肯定句，剩下我就會寫了。

🗣 潭井▶ 這樣就可以知道，能不能正確地寫出原始肯定句有多重要了吧。

(6) 答案 **What should we do in**

London?
🗣 潭井▶ 這題的原始肯定句妳有寫出來嗎？也就是We should do ～ in London。

🗣 關谷▶ 有的。我原本想直接寫出英文問句，但因為寫不太出來，所以後來先造了肯定句。

🗣 潭井▶ 這裡也同樣是用「疑問不會寫，先造肯定句」的方法解決的呢。

(7) 答案 **Who made this chair?**
🗣 潭井▶ 這題如何？

🗣 關谷▶ 題目問的是「誰」，所以我知道詢問的是主詞。所以很輕鬆就寫出英文了。

🗣 潭井▶ 但為了保險起見我們還是寫出肯定句吧。也就是～ made this chair.。因為是詢問主詞，所以把～改成who就完成了。

(8) 答案 **Where did you find this key?**
🗣 潭井▶ 這是詢問地點的句子呢。句首的where有寫對嗎？

🗣 關谷▶ 是。我是先寫出You found this key.的肯定句。然後再在句首加where，接著在you前加did，最後把found改成原形find的。

🗣 潭井▶ 很好。

(9) 答案 **When was this gate closed?**
🗣 潭井▶ 這題是不是有點難？

🗣 關谷▶ 是。我沒有寫對。

🗣 潭井▶ 能不能正確地寫出被動式是第一個難關。那麼先冷靜下來寫出肯定句吧。肯定句應該怎麼寫？

🗣 關谷▶ 因為是被動式，所以應該是This gate was closed.嗎？

🗣 潭井▶ 沒錯。既然寫得出這句，那剩下只需要按照步驟去改寫就行了。

1
2
3
4
5
6

7

🔈**關谷** 是。在句首加where，然後在this gate前加was對吧。

🔈**澤井** 這不是寫出來了嗎？

🔈**關谷** 我寫出來了。

疑問句

向對方取得資訊

(10) 答案 **How soon will you come here?**

🔈**關谷** 這題我舉手投降。我只知道要用how而已。

🔈**澤井** 這題不會寫的人很多。詢問「多久後」的意思，其實就是在問「多久後可以馬上過來」。

🔈**關谷** 是。所以這句話其實是在詢問「馬上」的程度嗎？

🔈**澤井** 沒錯。而「馬上」的英文單字是什麼呢？

🔈**關谷** 我不知道。

🔈**澤井** 是soon。那麼請再用soon這個字造出原本的肯定句吧。

🔈**關谷** 我想想，「打算」是will，所以是You will come here soon.嗎？

🔈**澤井** 很好！那麼再來就只需要將這句話改成詢問副詞soon程度的疑問句而已了。

🔈**關谷** 在soon的前面加how，把how soon挪到句首，然後把will挪到you的前面對吧？

🔈**澤井** 就是這樣。

(11) 答案 **Is there an airport in this city?**

🔈**澤井** 最後一題囉。這題問的是「有～嗎？」。下面我們把這個表現，連同肯定句一起整理出來。

> ✓CHECK
> ✓There is〔are〕 ～ .（有～）
>   ⇩詢問yes或no的疑問句
> ✓Is〔Are〕 there～?（有～嗎？）

🔈**澤井** 那麼，為期7天的特訓到此就全部結束了！

1

2

3

4

5

6

7

悠哉悠哉四格漫畫劇場

愛書

No.013

我有1本愛不釋手的書

每天早上
都會
邊喝咖啡
邊讀

搭火車時
也會
拿出來讀

晚上睡覺前
也會讀

結果所謂
的愛書

是自己
寫的
書?!

鼾一
ZZ

啪噠

EPILOGUE

結語

上完課之後……

7-day workbook on the basics of English grammar

EPILOGUE 結語

乾杯——

敍敍庵

滋——

好好吃～！

好多汁的里肌肉

關谷小姐，吃高級燒肉的願望實現了，真是太好了呢。

是啊！總算不枉費這7天的努力。

雖然很多內容都忘光了…

我想也是啦！但只要持之以恆就會記住了

在此再次致上謝意。

非常謝謝你們

這次

澤井老師和關谷小姐真的十分努力，

多虧兩位，應該能做出一本好書。

這沒什麼啦。

這次雖然也很辛苦，但也很開心喔。

嘿嘿

叩叩

補 充　Supplement

Day2 的補充

現在式跟過去式的be動詞用法差異

〈 現在式 〉
- 主詞為I的時候 → 用am
- 主詞為you或複數形的時候 → 用are
- 主詞為前二者以外的時候 → 用is

〈 過去式 〉
- 主詞為you或複數形的時候 → 用were
- 前者以外的時候 → 用was

Day5 的補充①

ing形的例外用法

所謂的ing形，就是在動詞原形後直接加-ing的形態，但以下情況例外。

①以「子音＋e」結尾的單字，要拿掉e再加-ing。

　〔例〕 move＜原形＞ → moving＜ing形＞

②以ie結尾的單字，要把ie變成y後加-ing。

　〔例〕 tie＜原形＞ → tying＜ing形＞

③以「短母音＋子音」結尾的單字，字尾的子音要重複一次後加-ing。

　〔例〕 sit＜原形＞ → sitting＜ing形＞

Day6 的補充

現在完成式的have和has的用法差異

have和has的使用差異，跟使用一般動詞現在式時，字尾是否需要加-s的標準一樣。

換言之，就像下面這樣。
- 主詞為I（我）、you（你、你們）、複數形的時候
  → 用have
- 主詞為上述以外的情況
  → 用has

補充 Supplement

Day5 的補充②

不規則變化動詞列表

此處分成4種類型分別列出代表例。

下面由左至右依序為「原形 — 過去式 — 過去分詞」。

〔類型1〕 過去式與過去分詞和原形相同

花費	cost	cost	cost
切	cut	cut	cut
打	hit	hit	hit
傷害	hurt	hurt	hurt
讓、允許	let	let	let
放	put	put	put

放棄	quit	quit	quit
讀	read	read	read
設置	set	set	set
關閉	shut	shut	shut
打、敲	beat	beat	beat
	beat	beat	beaten

〔類型2〕 過去式與過去分詞和原形不同

帶	bring	brought	brought
建造	build	built	built
買	buy	bought	bought
抓、捕	catch	caught	caught
餵、提供	feed	fed	fed
感覺	feel	felt	felt
找、發覺、認為	find	found	found
擁有	have	had	had
聽	hear	heard	heard
握、持	hold	held	held
維持、保有	keep	kept	kept

意指	mean	meant	meant
遇見	meet	met	met
支付	pay	paid	paid
說	say	said	said
賣	sell	sold	sold
寄送	send	sent	sent
射	shoot	shot	shot
閃耀	shine	shone	shone
坐	sit	sat	sat
睡	sleep	slept	slept
花費	spend	spent	spent